蜜月ライブラリー

夏乃穂足

幻冬舎ルチル文庫

CONTENTS ✦目次✦

蜜月ライブラリー

✦カバーデザイン＝コガモデザイン
✦ブックデザイン＝まるか工房

イラスト・六芦かえで✦

蜜月ライブラリー

第一章

小説を読むことは海に潜ることに似ている、と青海清良《おうみきよら》は思う。

本の表紙は未知なる世界へと誘う扉だ。一歩、扉の先に足を踏み入れれば、その先には底知れぬ瑠璃《るり》色が広がっている。自分のものとは異なる思考の奔流に身を任せ、日常から遠く離れた物語《ストーリー》の中へと真っ逆様に吸い込まれていくその瞬間、清良はいつも、子供の頃に連れて行ってもらった海での素潜りを思い出す。

息を思い切り吸い込んで、頭を下にして重い海水を蹴《け》る。圧倒的な質量が清良を取り囲み、当たり前の日常はゆっくりと容赦なく頭上で閉じていく。水深五メートルまで潜っただけで、そこはもう異界だ。

物語の世界は、現実の遥《はる》か彼方《かなた》の深みまで、清良を連れ去ってくれる。時折清良は、いつまでも浮上しないでいられればいいのにと思う。もしも叶《かな》うなら、作品世界の中を自在に泳ぐ名も無き一尾の小さな魚になって、ブラックオパールのような煌《きら》めきを放つ水底を永遠に回遊していたい――。

「……、……み」

遠くから聞こえてくるノイズ。うるさいな、と思っていると、いきなり目の前から本が引き抜かれる。

「青海、っつってんの」

英語教師の澤居《さわい》が席のすぐ傍《そば》に立っていた。清良から取り上げた『フェニックスの祭壇』のカバーをしげしげと眺めて、ふうん、と首を傾《かし》げる。

癖のないすっきりした顔立ちは、教師にしてはルックスに恵まれた部類に入るのだろう。けれど、清良にとっての美の基準は、小説の中のジュリアン・ソレルやドリアン・グレイだ。脳内で理想を注ぎ込んだ美青年達に、生身の人間が太刀《たち》打ちできるはずもない。

「せめて教科書に隠すぐらいの擬態はしろよー」

クラスメイト達がどっと沸いた。

（俺、目を開けたまま眠ってたのか……？）

いつの間に授業が始まっていたのだろう。始業前の時間にちょっとだけ、と思って本を開いたはずだったのに、授業が始まったことにも気づかないなんて。

気まずい気持ちで曲がってもいない眼鏡の位置を直し、コミュニケーション英語の教科書を取り出そうとかがんだ途端、ぐらりと世界が傾いた。空間が歪《ゆが》むような強い目眩《めまい》をやり過ごそうと、机の角をつかむ。

最近、こういうことがよくある。気がつくと、たいして本のページは進んでいないのに、結構な時間が飛んでいる。それから、強い目眩。本の読み過ぎで脳が疲れているんだろうか。

教科書を広げてから、教壇の方を窺《うかが》う。さっきまで清良の手の中にあった本が、今は教卓の上に載っている。朱赤の表紙に透明なフィルムをかけられたあの本は、私物ではなく借り物なのだ。いい加減返さなくてはいけないと思って家から持ってきたのに、没収されるなんてついてない。

清良はクラス担任である澤居のことが少し苦手だ。本を返してもらうために、英語科準備室まで行かなければならないことを思い、頬杖《ほおづえ》をついた掌《てのひら》の中にそっとため息を落とした。

「清良ちゃん！　さっき澤居に取り上げられてたの、あれ何？」

休み時間になるやいなや、丹色大樹《にいろだいき》が顔を覗《のぞ》き込んできた。身長百七十二センチの清良より優に十センチは高い丹色が覆い被《かぶ》さると、机の上が翳《かげ》る。清良の机についた腕は艶《つや》やかに灼《や》け、ニッと笑った歯が白い。眉が濃くて目元のはっきりした南国系のイケメンなのだが、愛嬌《あいきょう》のある笑顔のせいで、大型犬の仔犬《こいぬ》のような印象がある。

「……『フェニックスの祭壇』。クリストフ・ヴォーヴェライトの」

「へえ？　知らね。面白い？」

「あ、うん。俺は面白かった」

「俺は全然本読まないからな。清良ちゃんはいっぱい読んでて凄《すご》いよな！」

「別に凄くはないと思うぞ。あと、前から言ってるけど、清良ちゃんはやめてくれ……」

「えー、清良ちゃんは清良ちゃんでしょ！」

ちゃん付けでの名前呼びをやめてくれないことを除けば、丹色は明るくて気のいい奴だ。サッカー部のホープで、入学三か月にしてもう友達が百人はいそうな丹色の方が、よっぽど全方位的に凄いだろうと清良は思う。

清良は自他共に認める活字中毒者だ。読書傾向の九割が小説だが、手元に小説が無ければ何でも読む。辞書でも、参考書でも、何かの取説でも。手近にあるという理由から教科書を何度も読んだせいで、既に一年生の学習範囲は完璧に頭に入ってしまっている。

活字を読んでいないと酷《ひど》く落ち着かなくなり、やがて印刷物を探して視線が移ろいだす。物語を体の中で循環させていないと死ぬ病気なのかもしれない。

こんな清良と体育会系の丹色では、まるで共通点がないと思うのに、丹色はこうして何かと構いつけてくる。自分にない美点をいっぱい持っているこのクラスメイトのことは割と好きではあるのだけれど、彼を前にすると、いつも清良は居心地が悪くなる。共通の話題がなさ過ぎて、何をしゃべっていいのかわからないし、真《ま》っ直《す》ぐ過ぎる目をしたこの男を、なんだか騙《だま》してでもいるような気持ちにさせられるからだ。

清良は、理由のわからない気まずさを隠そうと、咳払《せきばら》いした。

「本を返してもらいに行ってくる」

「今？　後でよくね？」

「借りものだし、気になるから」

「じゃあ、着替え持ってった方がいーよ。次の授業、プールだから」

丹色のアドバイス通り水着袋をぶら下げ、教室を後にする。清良が教室を出てすぐ、誰かの声が壁越しに聞こえてきて、思わず歩く速度を緩めた。

「大樹、チャレンジャーだなー。青海って話しかけるなオーラ凄いのにさあ」

ちょっとチャラ目の口調は、丹色といつもつるんでいる北神翔馬《きたかみしょうま》だろうか。

(俺も俺のクラスメイトだったらそう思うだろうよ)

別に話しかけるなと思っているわけではないのだけれど、流行《はや》りの音楽や面白動画やクラスの噂話《うわさばなし》といった話題に全くついていけない自分が交ざっていたら、場が白けるだろうとは思う。そもそも本を読んでいると、話しかけられているのに気づかないことも多い。傍《はた》から見ればさぞ感じが悪いんだろうなあと他人《ひと》ごとのように思い廊下を歩きだすと、

「知ってる？　清良ちゃんってサッカーめちゃ上手《うま》いんだぜ」

と丹色の間延びした声が続いた。

「へえ、いがーい。いかにもインドアなのに」

「だろー。俺も体育の授業で知った時、びっくりしたんだ。いい奴だし、面白いし、顔かわいーし、もっと仲良くなりたいんだよね」

「野郎の面《つら》が可愛いとかどうでもいいわ」

そこまで聞くと、清良は足を速めた。

耳が熱を持っているような気がする。じんわりと頬も熱い。面白くていい奴というのは、丹色のような奴のことを言うのだ。

梅雨《つゆ》の晴れ間の日差しによってくっきりと染め分けられたタイルを踏み、教室棟である南棟から反時計回りに歩を進めた。石造りの柱の影が、長い回廊を等間隔に区切っている。

県立鐘撞《かねつき》第一高校は、今春で創立から百三年目を迎える伝統ある男子校だ。創立百年を記念して、三年前に完成した新校舎は、中庭の真ん中に建つ中央棟と、それを囲む回廊から枝状に張り出した四つの棟からなる広大な建造物だ。最新の建築技術を用いつつ、旧校舎の意匠を可能な限り再現したというだけあって、グラウンドの喧騒《けんそう》が時折響いてこなければ、高校というよりヨーロッパの僧院にでもいるような気分になることだろう。

東の廊下を曲がると、主要教科の準備室の扉が並ぶエリアへと繋《つな》がっている。そのエリアを抜けた先が、理科室や家庭科室などの実習室や各部室が割り当てられた東棟だ。

西棟には体育館や屋内プールなどのスポーツ施設、北棟には講堂や仮設図書室があるから、一年生でも行く機会はそれなりに多い。だが、部活動にも委員会活動にも参加していない清良にとって、東エリアは未知のゾーンだ。入学してもう三か月が経《た》とうとしているのに、まるで知らない場所のように感じられる。

英語科準備室には、澤居しかいなかった。この教師の周りには生徒が群がっていることが多いので、一人でいるのを見たのは初めてかもしれない。

案外あっさりと本を差し出してくれたことにほっとして、本を受け取ろうとしたが、何故《なぜ》か引っ張り合いのようになる。澤居が本の端をつかんでいるのだ。

「あの、先生?」

「この背ラベル、図書塔のだろ? 青海が入学する少し前から、図書塔は閉鎖されているはずだ。この本をどうした?」

詰問調ではない穏やかな口調だったのに、血の気《け》が引くのがわかった。なぜならこの本は、図書塔から清良が無断で持ち出したものだったからだ。

閉鎖前の図書塔に一度だけ足を踏み入れるチャンスがあったのは、ちょうど一年前、清良が中学三年生の夏に、鐘撞第一高校の学校説明会に参加した際のことだった。

学校創立時に建てられたという図書塔は、北棟を出た敷地の北の外れに建っている。時代から取り残されたような石造りの塔を初めて見た清良の第一印象は「ラプンツェルでも住んでいそう」というものだった。

随分時代遅れの建物だし、この分では蔵書にも期待できないかもしれないと思ったのだけれど、一歩足を踏み入れた途端、清良はすっかり魅了されてしまった。

外観からは想像もできないほど、図書塔の内部が蠱惑《こわく》的だったからだ。

可動式階段や、書架に施された木彫。優美なカーブを描く手すりが放つ、こっくりとした艶。ステンドグラスから差し込む光が淡い色を落とす、古い長机。

何より、清良が見たこともないような美麗な文学全集や年鑑、多言語の本が、圧倒的な量と質で並んでいるさまに圧倒された。市立図書館でも中学の図書室でも、流行りのタイトルと文庫本が閲覧室の中心で、元の表紙の色も判然としなくなった古い全集が隅にあり、あとは調べ学習用の児童向けの本や実用本の割合が多かった。同じ図書館と言っても、ここはまるで違う。仮に三年の間不眠不休で読み続けたとしても、読み終えることなど不可能な数の本がここにはあるのだと思うと、背筋がぞくぞくした。

五階層を貫く吹き抜けを見上げた時、四階と五階を繋ぐ階段の踊り場に黒っぽいスーツ姿の人影が見えた。明り取りの窓を背にしているから、逆光になっていて顔は見えない。すらりとした姿のいい、頭身の高い男だということがわかるだけだ。

(司書の先生かな?)

人影は五階へ上がって行き、気がつくと視界から消えていた。ここからだとよく見えないが、五階には準備室でもあるのだろうか?

男が消えるのと入れ替わりのようにして、清良を戸惑わせるほどの激しい渇望が湧《わ》き上がってきた。

（この場所が好きだ。たまらなく好きだ。ずっとここにいたい。帰りたくない）

こんな風に矢も楯《たて》もたまらないような熱量で何かに焦がれるのはいつ以来だろう？　我ながらどうかしていると思うぐらい、訪れたばかりのこの図書塔に魅了されてしまっていた。

この場所に通うためには、鐘撞第一《こ》《こ》の生徒になることが必須だ。通学圏内にあって自分の学力に見合っている、という以外にさしたる志望動機のなかったこの高校が、清良の中で第一志望校になった瞬間だった。

清良を含む十数名の見学グループを引率していた教師が、図書塔の沿革について説明をしていたが、もう何も耳に入らない。ずらりと並ぶ革表紙や箔《はく》の押された布表紙に触れながら、高い書架の間を歩き回る。希少本の豪華な装丁に目を奪われていた時、背後でばさりと何かが音を立てた。

ふり向くと、通り過ぎたばかりの床の上に、一冊の本が伏せた形で落ちている。拾い上げたその本が『フェニックスの祭壇』だった。

小学六年生の時、一度だけ読んだ覚えのあるタイトルだ。内向的で夢見がちな少年ユルゲンが繰り広げる冒険譚《たん》に惹《ひ》き込まれ、どきどきしながら読んだことを覚えている。だが、多くの本と出会ううちに、この本の印象も記憶の底に沈んでいた。

朱赤の布張りの本を棚に戻そうとして、躊躇《ちゅうちょ》する。児童書なんか卒業したはずで、これも通過した物語の一つ、ただそれだけであるはずなのに、どういうわけか手放しがたい。この本が収まっていたであろう隙間《すきま》に差し込もうとするけれど、何度やっても手が止まってしまう。不条理なまでの強烈な吸引力。まるで、本が連れて帰ってくれと懇願しているようだ。

結局、清良は素早く周囲を見渡してから『フェニックスの祭壇』を鞄《かばん》に入れ、そのまま自宅まで持ち帰ってしまったのだった。

帰路の間も、帰宅してからも、ずっと冷や汗と嫌な鼓動に責められ続けていた。物を盗むどころか、釣銭をごまかしたことさえない自分が、こんなことをしてしまうなんて。万引き犯などが言う「魔が差した」という心理が、その時の清良にはよくわかる気がした。

持ち出した本の存在感は、日を追うごとにどんどん増す一方だったけれど、

(この本を元の場所に返すために、何が何でもあの高校に入らなければならない。これは俺が受験勉強に励むためのお守りみたいなものなんだ)

そう自分に言い訳しながら、必死になって過去問題集に取り組んだものだった。

その甲斐《かい》あってか、めでたく鐘撞第一高校へと進学できたわけだが、清良が入学する直前に、図書塔は大がかりな工事を行うという理由で閉鎖されてしまっていた。

図書塔に通いたいがためにこの高校に入学したのに、自分の在学中にはオープンが間に合わないと知った時、どれほど落胆したことか。それに、この本をどうやって返せばいいのかわからなくなってしまった。入学早々、清良は途方に暮れたのだった。

「青海も図書塔に呼ばれたくちかな」

澤居の言葉で、清良は件《くだん》の本と図書塔にまつわる回想から、今いる英語科準備室へと引き戻された。

そう、清良はこの本について担任教師から質問を受けている最中だった。仮設図書室に置いてきて、もう忘れてしまおうと思って持ってきた本を没収されるなんて想定外だ。

「え？　呼ばれたってどういう意味ですか？」

「あの図書塔、雰囲気があっていいだろう？」

「はい、確かに」

「俺の時は『雨の声を聴かせて』だったな。初めてあそこに行った時、妙に目についてさ。気がついたら鞄に入れてた。それからも、あの本だけはなかなか返せなくてな。暇さえあれば図書塔に入り浸ってたのに」

話の展開が思いがけなかったので、思わず間抜けな質問をしてしまう。

「先生、ここの卒業生なんですか」

「クラス分けの日にそう言ったろうが。青海ってほんと人に興味ないね」

「……すみません」

「お前を見てると、昔の自分を思い出すよ。俺もそうだったから、物語の世界にどっぷりはまる気持ちはわかる。けどな、リアルを侵食するほど虚構の世界に溺《おぼ》れるなよ」

ふっ、と澤居が笑みを浮かべた。どこかが痛むような、何かに焦がれてでもいるような、複雑な笑みだ。この教師が時折見せる、もの言いたげな雰囲気が苦手なのだと清良は思う。

五月に行われた三者面談を清良の母親が欠席したこと、その面談で清良が就職希望だと言ったことで、要観察リストに入れられてしまったのだろうと想像はつく。進学校である鐘撞第一高校では、ほぼ全員が大学進学を希望し、就職希望者は稀《まれ》だ。

けれど、自分にとっての最善はちゃんとわかっているつもりだし、必要以上に関心を向けてほしくもない。ただ、そっとしておいてほしいというのが本音だ。

「とりあえず、この本は俺が返しておくから」

「あ、はい。お願いします」

「青海はもう少し生身の人間にも興味を持つように。でもま、その誰にも等しく塩対応なところが、逆にそそるのかもな。お前ってなかなかに美形だし」

「いえ、そんなことはないと思います」

そそるってなんだよ、と脳内でつっこみを入れる。だが、蔵書を無断持ち出ししたことについてはお咎《とが》めなしで済みそうなので、スルーすることにした。

容姿に関して言えば、男にしておくのはもったいないと何度か言われたことがある。けれど、長い睫毛《まつげ》のせいで陰って見える切れ長の眼と細い鼻梁《びりょう》を備えた自分の顔が、清良はあまり好きではない。鏡に向かうたびに、よく似た顔をしていた弟が現れたようで、いちいちぎょっとさせられるからだ。

「お前が気づかないだけで、親しくなりたいって奴、結構多いと思うよ。彼女はいないの？　彼氏でもいいけど」

最後の一言に、再びつっこみを入れたい衝動に駆られたが、これ以上会話が続いてしまうのは面倒なので、これも聞かなかったことにする。

「今のところ特に必要性を感じていません。次は体育なので、そろそろ戻っていいですか」

ようやく澤居から解放されて、遅れて到着した更衣室にはもうクラスメイト達の姿はなかった。既に授業は始まっているらしく、体育教師が準備運動のために掛ける号令の声が、壁越しに聞こえてくる。

（なんなんだよ、澤居の奴。話が長いせいで授業に遅れたじゃないか）

急いでシャツの前を開いた時、ふと視界をよぎった何かに強烈な違和感を覚えて、清良は動きを止めた。

（……え、何？）

違和感の源は、ロッカーの扉裏の鏡のようだった。鏡には、いつもと変わらぬ眼鏡をかけた白い顔が映っている。首元、剝《む》き出しの胸、と見下ろしていった清良は、思わず声を上げそうになった。

鳩尾《みぞおち》の辺り、体に穴が開いている。

到底信じられなくて、見間違えだろうと胴体を見おろすと、そこにはゴルフボール大の暗がりがあった。穴の内部には薄暗い靄《もや》のようなものが渦を巻いていて、中がよく見えない。

急激に動揺がせりあがってきて、喉《のど》がからからになる。思わず手をやったそこには触れた感触がなく、ただドライアイスのような冷気ばかりがそこから漂い出ているのを知って、全身に鳥肌が立った。

清良の喉から絶叫が迸《ほとばし》る。

「うわあぁっ」

（なんだこれ。やばい）

昨日風呂に入った時には、絶対こんな風ではなかった。今朝制服に着替えた時にも、特に異変はなかったはずだ。思い当たるような出来事もない。一体いつ、どうして、自分の体はこんな有様になってしまったのだろう。

「青海、どうした？」

悲鳴を聞きつけた水着姿の体育教師の蓮沼《はすぬま》が、更衣室の扉から顔を出した。清良は体を隠すため、急いでシャツの前をかき合わせた。

「な、何でもありません」

「何でもないって顔か。真っ青だぞ」

自分の体はどうしてしまったのだろう。こんな姿では水着になんてなれない。

(とりあえず蓮沼に事情を、……いや、それだときっと騒ぎになる)

クラスメイトにも知られてしまう。こんな体、死んでも人に見られたくない。

だって、こんなの普通じゃない。

「あの、……気分が悪いので、早退します。担任の澤居先生にそうお伝え願えますか」

「それはいいが、そんな様子で大丈夫か？　一人で帰れるのか？」

「大丈夫です」

まだ何か言いかけていた蓮沼の言葉を最後まで聞かず、清良は頭を下げると、更衣室を飛び出した。

(早く、ここから離れないと。誰にも見られない場所に行かないと)

無人の教室に駆けこんで鞄を回収し、下駄箱《げたばこ》に向かう。ローファーに足を突っ込んで昇降口を飛び出してから、清良は急に足を止めた。

学校を出て、どこに行けばいいというのだろう。

たった一人の家族である清良の母親は、こんな時まったく頼りにならない。清良が早退してきたことで不穏になられるぐらいなら、いつも通りの時間まで家に帰らない方が楽なぐらいだ。もう何年も、自分のことは自分一人で解決してきた清良には、こんな時に思いつく場所が一つもなかった。

(病院に行った方がいいのか。でも、これってそもそも医者に治せるのか?)

シャツの上から上腹を押さえると、掌に冷気を感じた。ここまで体に深い穴が開いていながら、出血も痛みもなく、穴の奥には冷たい靄のようなものが渦巻いているばかりだという、この状態は一体なんなのか。

直感的に、科学では説明できないことがこの身に起きているのだと感じていた。だからこそ、誰にも知られたくないと思ったのだ。「本ばかり読んでいるとっつきにくい眼鏡」という周囲の評価が「体に得体の知れない穴の開いているオカルト野郎」に変わるのはごめんだ。

穴の開いた上腹を隠すように鞄を前に抱き、人目を避けて校舎裏を歩くうち、敷地の北の外れまで来てしまった。

図書塔は、一年前に訪れた時と変わらぬ姿でそこに建っていた。閉鎖されているはずの扉が十センチほど開いているようだ。工事の作業員が中にいるのだろうか?

ずっと焦がれてきた図書塔の中を、今なら少しだけ見られるかもしれない。そう思った途端、それどころではない心配事を抱えているというのに、催眠術にかかったように、扉の隙間へと引き寄せられていく。

重い扉を開ける音が、思った以上に高く響いた。誰かに出くわすかもしれない恐怖で、口から心臓が飛び出しそうだ。

外は暑いのに、塔の中はひんやりとしていた。図書館特有の、古い本の匂いに包まれる。激しく緊張しながら周囲を見渡したが、どこにも人影はない。しばらくじっと耳を澄ましていたが、しんと静まり返ったまま人の気配がないことを知ると、固まっていた体から力が抜けた。

夏の日差しがステンドグラスを透過して和らぎ、五色の光が床の上できらきらと踊っている。覚えていたのと寸分違《たが》わぬ光景だ。どんな図書館でも感じたことのない濃密な懐かしさと喜びで心が満たされていく。

(そうだ。俺はずっとここに戻って来たかったんだ)

更衣室からずっと張りつめていた気分がゆっくりと解《ほぐ》れていく。ここなら生徒は誰も来ないだろうし、もしも工事の作業員や教員が入って来たとしても、「鍵が開いていたから開館しているのかと思った」とでも言い訳をすればいい。皆が下校し終える時間まで、図書塔の中で時間を稼ごう。何しろ、ここには本ならいくらでもあるのだから。

そう決めてしまうと、一層気分が楽になった。

書架をゆっくりと眺めて歩く。医療関係やオカルト関係の書籍を何冊か開いてみたが、清良のような症例を探すことはできなかった。

海外小説の棚に、先程澤居の話に出てきたリアムの『雨の声を聴かせて』の空色の表紙を見つける。

何となく読まず嫌いをしてきたその本を手に取り、落ち着けそうな場所を探すうちに、三階のちょっと窪《くぼ》んだ場所にある長椅子《ながいす》を見つけた。ここなら、入口から誰かが入ってきてもすぐには見つからないし、ベルベット張りの長椅子もなかなか座り心地がいい。隠れ家気分に少しだけときめきながら、ふと思った。

（『フェニックスの祭壇』のユルゲンが、追っ手の目を逃れて廃屋に隠れていた時も、こんな気分だったのかな）

表紙を開いてしばらくすると、清良は体に開いた謎の穴のことも、人目を避けてここに潜り込んだことも忘れ、物語の世界の中へと没入していった。

目を開けた時、自分がどこにいるのかわからなかった。

明り取りの窓の形に切り抜かれた月の光が、幻燈のように高い天井を照らしている。夥《おびただ》しい本に囲まれているのを知って、図書塔に潜り込んでいたことを思い出す。

どうやら、いつの間にか眠ってしまったようだ。本を読んでいる最中に寝落ちしてしまうなんて、最近まではなかったことだ。腕時計を確認すると、完全下校の七時はとうに過ぎて、八時近くになっている。

（まずいな。早く帰らないと）

月光が届かない階下はすっかり闇《やみ》に沈んでいて、手探りで階段を降りた。外に出ようとしたが、重い扉はびくともしない。内鍵を探すが、それも見当たらない。眠っている間に、誰かが施錠しに来たらしい。

だが、まだこの時点では気持ちに余裕があった。外部に連絡して、自分がここに閉じ込められていることを知らせればいいと考えていたからだ。

取り出した携帯の充電が切れているのを知った時、やっと清良は、外部との連絡手段が絶たれている自分の状況を悟った。

(ひょっとしてこれ、やばい……?)

それからは、暗い図書塔中を走り回って、脱出できる窓がないか探した。ステンドグラスや明り取りの窓は全て嵌《は》め殺しである上に、防犯のための外格子が取り付けられている。通気窓も清良の体が通り抜けられるだけの隙間はない。

一つ窓を確かめて可能性が消えるたびに、焦りと怖《おそ》れが増していく。全ての窓を確認し終え、脱出が不可能であるとわかると、清良は玄関扉の前まで戻った。

「誰かいませんか」

扉に向かって発した自分の声が震えているのに気づく。

今日は金曜日で、明日は授業のない土曜日だ。土曜日に活動をしている部もあるにはあるが、校庭があるのは敷地の南方で、部室があるのは東棟、体育館があるのは西棟と、図書塔のある北端からはいずれも遠く離れている。声を限りに叫んだとしても、誰かに聞きつけてもらえる可能性は限りなくゼロに近い。

(もしこのまま誰にも気づかれなかったら、食料もなく、月曜の朝まで一人だ)

パニックが加速した。

「誰か来てくれ！　閉じ込められてるんだ！　ここを開けてくれ！」

激しく扉を叩き、大声で叫ぶ。叩き続けた拳《こぶし》が痛み、息が切れても、清良に気づいて駆けつけてくれる人は現れない。

ついに清良は疲れ切ってずるずるとその場に座り込み、熱くなった頭を扉にもたせ掛けた。

酷い一日だ。今日一日で起きた不条理の数々を思い返す。図書塔に潜り込んで眠ってしまったことと、携帯の充電を昨夜怠ってしまったことは自分の落ち度だが、今日という日は呪《のろ》われているとしか言いようがない。

図書塔はまだ工事に取り掛かっている様子もないし、下手をすれば月曜までどころか、このまま当分閉じ込められたままということもあるかもしれない。

(飢え死にする前に、誰か俺のことを探してくれるかな)

唯一の家族である母親は、己の哀しみで手一杯で、清良に割くだけの心の容量が残っていない。クラスメイト達は、たとえ清良がこのまま消えてしまったとしても、教室の備品が一つ減った程度の感想しか持たないに違いない。

妙に後に残る物言いをする担任の澤居と、仲良くなりたいと言ってくれた丹色の顔を思い浮かべてみる。今はことさらに構ってくる彼らにしても、きっとすぐに清良のことなど忘れてしまうだろう。

どこを見渡しても望み薄だな、と頭を振る。清良を特別に気にかけている人は、この世に一人もいない。

(俺は、ここにいるのに)

誰も清良を見ない。清良がもう長い間、声にならない声を上げて続けていることに気づかない。

「……誰でもいいから、俺を見つけて」

弱々しく漏れた声はすっかり掠《かす》れていた。

「大丈夫か?」

いきなり背後から声がしたので、清良の喉からひゅっと息が漏れた。

振り返った先に立っていたのは、身の丈百九十センチ近くはありそうな長身の男だった。目が暗さに慣れてきたのか、そこだけ光が当たっているかのように、男の姿がぼうっと浮き上がって見える。

闇に溶ける暗色のスリーピーススーツから覗いている懐中時計の鎖が、鋭い光を放っている。緩くウェーブした漆黒の髪がはらりと右目にかかり、秀でた骨格や碧《みどり》色に輝く瞳《ひとみ》は西

欧の血を感じさせる。

絶世の、という言葉が唐突に浮かんできた。リアルで出会った人は勿論《もちろん》のこと、画面越しに見たことのある俳優と比べても、これほどの美貌《びぼう》を持つ人間を見たのは初めてだ。

それ以上に驚いたのは、その人物の容姿が清良のイメージしていたある小説の登場人物そっくりだったことだ。具体的にこういう造作と思い描いていたわけではなかったけれど、この男を目《ま》の当たりにしていると、昨夜まで読んでいた『夜明けのヴァンパイア』に登場する吸血鬼が、作中世界から抜け出してきたようだった。

「随分驚かせてしまったようだな」

「誰もいないとばかり思っていたので」

「五階にいたよ。私はこの塔を取りまとめている者で、詞葉《しよう》という」

（ああ、司書の先生なのか）

そう言えば、ちょうど一年前に初めてこの塔を訪れた際に見かけた人影の背格好は、この男に似ていた。あれはこの人だったのか。

低音が甘く響く、色気を感じる声だった。急《せ》くことのない話しぶりと余裕のある物腰は、自分の容姿と声が持つ威力を知り尽くしている人のものだ。

「名前は？　一体ここで何をしている？」

「青海清良、一年です。入口が開いていたので、中に入って休んでいるうちに、眠り込んでしまったみたいで。起きた時には鍵がかかって出られなくなっていたんです」

「話が終わればすぐに出してやる。ところで、先程から気になっていたのだが、お前、ここに虚《うろ》があるな」

男が胸元をすっと指さした。

「うろ？」

「胸に開いている、その穴のことだ」

清良は思わず、自分のシャツの胸元を握り締めた。夏だというのに寒気が背筋を這《は》い上がってくる。

「気づいているだろうが、それは医師にも祈禱師《きとうし》にも治せない類《たぐい》の障《さわ》りだ。近頃、昏倒《こんとう》するように眠ってしまうことがあるだろう。記憶をなくすことも多いはずだ。脅かしたくはないが、このまま放っておけば取り返しのつかないことになるぞ」

(何でこの人、誰にも見せてない胸の穴のことを知ってるんだ)

不吉なことを畳みかけられたからばかりではなく、身震いがする。夏で、窓も扉も閉め切っているのに、この塔の中は寒いほどだ。光の届かない場所にいるのに、この男だけはっきりと見えるのも、考えてみればおかしい。

本当にこの男は司書なのか？

ただの人間にしてはあまりにも容姿が整いすぎている。小説で読んだヴァンパイアの容姿を描写した一節が浮かんでくる。イメージ通りというより、まるでこの男のことを表したかのようではなかったか。

「私が治してやろうか」

清良は男を見上げた。相手を怪しむ気持ちと藁《わら》にもすがりたい気持ちが交差する。

「治せるんですか？　どうやって？」

「その方法を教える前に、少しだけ話をしよう。お前の好きな『物語』についての話だ」

男に促されるまま、扉に一番近い長椅子に座ると、男は傍のテーブルに腰掛け、ゆったりとした動作で長い足を組んだ。

「著す者と繙《ひもと》く者、双方の精神活動の行き来によって命を永らえていく、それが物語の本質だ。著者が己の人生を供物にして物語を醸す者だとしたら、読者は己の人生によって形作られた器でそれを濾《こ》し取る者だ。彼らの記憶の微細な欠片《かけら》を吸収しながら漉《す》きあげられるうち、物語は磨かれ、重層的になる。ここまではいいか？」

（要は、物語は人に読まれて完成するとか、その手の話ってことだよな？）

そう清良なりに解釈して「はい、なんとか」と答えを返す。

「普通なら、それで何ら問題は生じない。読者は本の中から自分にとって必要なものだけを持ち出し、いらないものを置き去って、現実世界に帰っていく。危険な目にあわず、何も失わず、安全な場所に居ながらにして、命がけの冒険に赴くことも、世紀の恋に身を投じることもできる。それが読書の醍醐味《だいごみ》だ。……でも、本当にそれだけだろうか？」

男がどこかひやりとさせるような笑顔で微笑《ほほえ》んだ。

「どういう意味ですか？」

「本を読む前と後で、自分が少し変わってしまったと感じたことはないか。作中で起こる試練を潜り抜けて生還した時、自分が抜け殻になってしまったような喪失感を覚えたことは？そういう人はひょっとすると、自分のために取っておくべきものまで、小説世界に置いてきてしまった人かもしれない」

何を言っているかわからない。

いや、インパクトのある本を読んだ後で、自分が変わったような気がしたことや、面白い本を読み終えた時に、喪失感に似たものを覚えたことなら、清良にもある。ただ、この話の終着点が全く見えない。

「清良、お前はお前を構成するかなり重要な破片《パーツ》を、本の中に置き去りにしてきてしまったようだ。大き過ぎる欠落は、長く放置していると虚に変わる。そうなるともう、自分の力だけではどうしようもない。自然治癒する速度より侵食していく勢いの方が強いからだ。放置すれば虚はどんどん拡がって、お前はやがて虚《うつ》ろになり、ついには目覚めなくなる」

男の話は、とてもじゃないがすんなりそうですかと納得できるようなものではなかった。でも、清たくさん本を読んだというだけで、損なわれるなんてことがあり得るのだろうか。

良の肉体に説明不能な穴が開いていることも、最近になってたびたび記憶が飛んだり眠り込んだりするようになったことも、言い当てられた通りなのだ。

（穴だけでもとんでもないのに、この上目覚めなくなるって。冗談じゃないぞ）

「どうすればいいんですか。どうやってこれを治すつもりなんですか？」

「私と契約すればいい。私なら、数多《あまた》の書物に散らばってしまったお前の破片を探し集めて、虚の拡大を食い止め、塞《ふさ》ぐことができる」

契約、という言葉に警戒心が湧いた。小説などでは、正体のよくわからない者と契約すれば、ろくなことにならないのが定石だ。

「治してもらえるならありがたいとは思います。けど、そっちには何の得があるんですか？代償なしで穴を塞いでくれるってわけじゃないんでしょう？」

「用心深いな。気に入った。歯応《はごた》えがある方が好みだ」

男は満足そうに笑った。

「虚を修復するには、書物の中から回収したお前の欠片を、私の体を通してお前の中に注入することが必要となる。お前は求めに応じて私を受け入れればいい。代償をと言うなら、そうだな、ここに通うついでに話し相手になってくれ。人の営みの記憶や人の情に触れることは、私にとって食餌《しょくじ》に等しいものだ。いい退屈しのぎにもなる」

口ぶりからして、この男はやはりただの人間ではないのだ。

（体を通して注入、って何をどうする気なんだ？）

咬《か》み傷から人間を不死の怪物に変容させる物質を注入するという、あれだろうか？

「……あんたは吸血鬼なのか……？」

問いかけた言葉に、男は豊かな笑い声を弾《はじ》けさせた。壁を打つ声が図書塔中に反響する。

「長らく生きてきたが、吸血鬼に間違えられたのは初めてだ。お前は本当に面白い。だが、私をあんな死にぞこないの連中と一緒にされては困る」

男がゆるやかに両手を広げると、閉じきった塔の中で風が起こり、漆黒の髪と上着がふわりと持ち上がった。と、清良が見ている間に、男のシルエットはどんどん輝度を増し、塔の中が煌々《こうこう》と照らし出された。

「我が名は詞葉。ここにある蔵書五百万冊を統《す》べる図書塔の精霊だ。虚に喰《く》い尽くされたくなければ、私と契りを交わし、私の加護を受けるがいい」

周囲の棚ががたがたと音を立て、本が次々と床に落ちていった。凄《すさ》まじいスピードで広がった本のページがめくれ、子供達が含み笑うような声が図書塔中に響き渡る。

「う、うわあぁぁっ」

もう、限界だった。

転びそうになりながら、入口の扉に飛びつく。そこが閉まっていることを思い出し、絶望的な気分でドアノブをがちゃがちゃ鳴らし、扉を叩いていると、

「そんなに強く叩いたら手を痛める」

すぐ傍で詞葉の声がした。

「ひいっ！　くっ、来るなっ。助けっ、助けて！」

「忘れ物だ」

詞葉は鞄と水着袋を手渡してから、清良の掌に大ぶりな古い鍵を一つ載せてくる。

「図書塔の鍵だ。心が定まったら来い。私はいつでもここにいる」

詞葉が静かな声で「開け」と命じると、扉はひとりでに外に向かって開いた。

図書塔を飛び出し、全速力で校門を目指している間、後ろは一度もふり返らなかった。


家に帰りついた時には、もう九時を過ぎていた。玄関灯が点《つ》いていないことを知って、気分が沈む。

案の定、清良の母はリビングの隅にある仏壇の前に座り込んでいた。今日は「駄目な日」のようだ。

「母さん、ただいま」

「……清良？」

焦点の合わない目で、母の美遥《みはる》がふり返った。

仏壇には位牌《いはい》が二つ。十年前に故人となった父の寛史《ひろふみ》と、三年前に亡くなった二歳年下の弟、耀流《あかる》のものだ。仏壇の前にはサッカーボールが供えてある。

清良の母親は、働きながら一人で清良達兄弟を育ててくれた。そそっかしいところはあるけれど、明るく気丈で、笑い上戸な人だった。

過去形なのは、弟を亡くして以降、母がまるで変わってしまったからだ。

最愛の夫の死を必死の思いで乗り切った清良の母は、息子の死を乗り越えることはできなかった。この三年、美遥はずっと不安定で、ほとんど以前と変わりなく動ける日もあれば、ベッドから起き上がることすらできない日もある。

そして、耀流がいなくなってから、清良の母は一度も笑ったことがない。

「……こんな時間になってたのね。お夕飯の支度がまだだわ」

「大丈夫。飯はタイマーをセットしておいたからもう炊けてるし、あとは冷凍の餃子《ぎょうざ》とトマトでいいよね？」

母は、息子の帰宅がいつもより四時間以上遅かったことにも気づいていなかったらしい。

清良は部屋着に着替えると、手早く夕飯の支度を始めた。

母が家事をできるかどうかはその日になってみなければわからないので、冷凍やレトルトの食品は常備してある。洗濯は全自動洗濯機があるし、掃除は週末にまとめてやればいい。

受験期も含め、この三年、ずっとこんな感じでやってきた。

労災保険と生命保険も下りて、父はまとまった額を遺してくれたので、当分の間は経済的な心配もない。

『卒業後のことは、時間をかけてじっくり考えた方がいい。何度でも相談に乗るから』

面談の時、澤居はそう言ったが、特に学びたいことも叶えたい夢もない。本さえ読んでいればそれで満足なので、高校卒業後は一日も早く働こうと決めている。

いつも通りのタスクをこなし、現実の問題に取り組んでいると、今日一日で味わった恐怖や衝撃が薄れていくようだった。

「ごめんね。明日はちゃんと買い物にも行って、清良の好きな唐揚げを作るわね」

(母さん。それは耀流の好物だよ)

そう思いながら、清良は餃子のトレーを電子レンジにセットした。

土曜の朝、清良が目覚めて最初にしたことは、鏡を確認することだった。そこに映る自分の姿を見て憂鬱《ゆううつ》になる。胸の穴は消えるどころか、少し拡大しているようだ。

(全部悪い夢だった、ってオチを期待したんだけど)

週末の間も、詞葉の予言通り虚は少しずつ大きくなっていき、月曜の朝を迎える頃には、拳大になっていた。

週末中考えに考えて、清良は一つの結論を出した。

図書塔に棲《す》む詞葉とやらは、悪しき存在なのかもしれない。口車に乗せられたら、今より悲惨な事態に陥る可能性だって否めない。でも、この胸の穴を放置はできない。

（詞葉の話をもう一度、聞くだけ聞いてみよう。契約するかどうかは、その後考えればいい）

月曜の放課後、意を決して再び図書塔の扉の前に立った時、鍵を持つ清良の手は激しく震えていた。鍵穴に鍵を近づけただけで、吸い込まれるようにぴたりとはまり、力を少しも入れていないのに、大きな音を立てて鍵が回る。

「……こんにちは」

中に一歩入って声を掛けたが、応《いら》えはない。

図書塔の中は、金曜日に訪れた時と寸分違いがなかった。床に散らばっていた本も今は片付いて、元通り綺麗《きれい》になっている。

（今日はいないのかな）

でも、詞葉はいつでもここにいると言った。五階にいると言っていたことを思い出し、びくびくしながら、大きな吹き抜けに沿って作られた階段を上る。

五階に扉のようなものは見当たらなかった。右手は作り付けの書棚がびっしりと並んでいる壁、左手は図書塔内を見下ろせる吹き抜けという造りで、廊下を進んだ突き当たりには、大きな姿見が掛かっていた。フレームに木彫の施された古い鏡だ。

（何でこんなところに鏡？）

曇って見える鏡面を何気なく覗き込むと、自分のものとは似ても似つかない顔が映っている。ぎょっとして体を引いたが、鏡の中から出てきた手にがっしりと肩をつかまれてしまう。

「うわあっ」

その時、書棚だと思っていた壁の一部が開き、中から詞葉が姿を現した。

「弄月《ろうげつ》。この子は私の客人だ」

清良を捕らえていたものは、鏡をするりと抜け出して目の前に立った。

肩まで届く真っ直ぐなオーロラ色の髪と銀灰色に煌めく大きな瞳をした、少女のような面差しの美少年だ。しなやかな体にぴったり沿う銀の服をまとった姿は、バレエの王子役を連想させる。少年が動くたびに、髪が絶え間なく色を変える。

「歓迎してやってんだろ。なんせ活きのいいのがここに来るのは十年ぶりだ」

「……だ、誰？」

人間じゃないのなら、何、と問うべきか。

「これは古鏡に宿る妖《あやかし》で、弄月という。もう悪戯《いたずら》はさせないから、怯《おび》えなくていい」

「前に来てたガキと違って、こいつは随分びびりだな！」

弄月は笑いながら舞踊のような仕草でくるりと回る。顔に似合わぬ口の悪さだ。その弄月に向かって、詞葉が静かに言った。

「二度としないな？」

弄月が気圧《けお》されたように笑いを引っ込めた。どうやら力関係では詞葉が上のようだ。

「ちょっとからかっただけじゃねえか。くそ面白くねえ」

ちっと舌を鳴らして鏡の中に戻っていった。

「ああいうの、まだいっぱいいる？」

また驚かされる前に心の準備をしておきたい。そうじゃないと寿命が縮まる気がする。

「いや、他には本の精達だけだ。この前、飛び出してきた本があっただろう。久しぶりの人間に皆興奮したらしい。もっとも、大部分は力を失って、人語を話す者はあと僅《わず》かだが」

本の精。

（金曜から情報量多すぎだろう……）

小説と名の付くものならジャンルは問わず、ファンタジーもそれなりに読んできたつもりだが、こうも非現実的なことが相次ぐと、処理能力が追い付かない。

書棚に見せかけた隠し扉の中に招き入れられる。扉の中は、部屋になっていた。猫足のカウチとテーブル、ライティングデスクとクローゼットが一つずつ、アンティーク風な洗面台と、それからどういうわけか、キングサイズの天蓋《てんがい》付きベッド。

「何で図書塔の中にこんな部屋があるの？」

「図書塔が建てられた当初は、本の盗難を恐れて当直制度があった。この部屋はかつての当直室だ。というのは建前で、この学校の創始者には、当直として雇った青年と、家族に隠れて淫靡《いんび》な時を過ごす秘密の部屋が、どうしても必要だったのだ。今ではこの部屋の存在を知る者は誰もいない。部屋を使う人間がいなくなってから、ずっとここに住んでいる」

勧められてカウチに座る。部屋を眺めながら、精霊も夜はベッドで寝るのか、などと考えていると、詞葉がゆったりと微笑んだ。

「この前は随分怯えていたから、もう来ないかと思っていた」

（来なくて済むなら、そりゃ来たくなかったよ。怖いの苦手だし）

そう言いたいのをこらえて、相手の出方を探る。

「……あんた、ほんとに俺のこと治せるのか？」

「治せるよ」

詞葉はあっさりとそう答えた。

「人間じゃないものにされたり、あんたに魅入られて操られたり、生気を吸われて死んだりしない？」

上目遣いで長身の相手を睨《にら》みつけながら訊ねると、詞葉が可笑《おか》しそうに笑いだした。

「私をどんな悪魔だと思っている？　言っただろう、私は図書塔の精霊だ。お前を人外のものに変えたり、操ったり、ましてや命尽きるまで生気を吸い出すことなどできはしない。それにしても、随分警戒されたものだ。私はお前好みの容姿であるはずなのにな」

「は？　なんだよそれ。あんたが俺の好み？」

「私の姿は誰にでも見えるわけではない。こちらから見せようと思った相手か、お前のように元々素質のある者にしか見えない。そして人の目に映る私の容姿には、見る人間の嗜好が色濃く反映される。だから今の私は、お前の好み通りの姿をしているはずだ」

「おかしいだろ。俺の好みを反映してるなら、小動物系美少女になってるはずだろ」

「これまで女性型をとったことは一度もないが、お前の好みが真にそうなら、あるいはそうなっていたかもしれないな」

悠然と返されるが、釈然としない。

(まあ、これが俺の理想の顔ですって言われればその通りかもしれないけど)

純粋に、造形として完璧な顔ではある。表情は自然で人間にしか見えないし、森の湖のように澄んだ碧の瞳には吸い込まれそうになる。

(そうだよ。ただ単純に美を感じる顔、ってだけだ。好みとか、妙な言い方をするから変な感じになるんだ)

その時、突然詞葉が唇の前に人差し指を立てた。次いで、図書塔の玄関扉の鍵が開く金属音が聞こえてくる。

清良はその場に固まって耳をそばだてた。静まり返った空間に、床の軋《きし》む音が響く。誰かが塔の中に入ってきたのだ。

足音はほとんど聞こえなくなったり近付いたりしていたが、やがて明確に少しずつ大きくなっていく。図書塔に入ってきた誰かが、階段を上っているのだ。ぎし、ぎし、と一歩一歩階段が鳴り、ついに足音が、清良と詞葉のいる部屋の前で止まった。

侵入者は、部屋の前で佇《たたず》んでいるようだ。

(何をしているんだ？　この隠し部屋の存在を知る者は、誰もいないんじゃなかったのか？)

永遠とも思われるような時間が流れた。やがて、足音は階段を降りて行った。再び鍵の音が響いた後、辺りは今度こそ、真の静寂に包まれた。

いつの間にか止めていた息を吐く。別に悪いことをしていたわけじゃないけれど、ここにいるところを誰にも見られたくなかった。

部屋の小窓から覗いてみると、北棟の方向に歩き去っていく男の後ろ姿がある。男が塔の方をふり返った時、それが担任の英語教師であることがわかって、息を飲む。

「何で澤居先生が？」

「燐也《りんや》を知っているのか」

隣で小窓の外を眺めている詞葉に問い返されて、意外に思う。担任のフルネームは、澤居燐也だ。毎週のように配られる学級便りに記されているから、嫌でも覚えた。

「俺の担任だ。詞葉こそ、澤居先生と知り合いなの？」

詞葉は澤居の去った方向を見つめたまま「知っていたよ」と言った。

「あの子が清良を教えているとは、不思議な縁だな。そんなことより、自らここに戻ったということは、私と契約を交わすという意思表示だと考えて間違いはないな？」

澤居と詞葉の間にどんな繋がりがあったのか気になったけれど、詞葉が話題を変えたので、聞きそびれてしまった。

「他に選択肢はないんだろ？」

心を決めて、すうっと息を吸い込み、一息で言った。

「よろしくお願いします」

「こちらこそ」

そう言って、詞葉が色めいた表情で微笑んだ。

「怖がらなくていい。お前は初心《うぶ》そうだから、できるだけ優しくする」

（処女を口説いてるみたいな台詞《せりふ》なんだけど。無駄に色気をふり撒《ま》くのが精霊のデフォルトなのか？）

相変わらず、耳の底で砂糖が溶け残っているみたいな気分にさせられる低音だ。男の清良でも、尻の据わりが悪くなる。

「私に脱がせてほしいか？　それとも自分で脱ぐか？」

そう言われて座っていたカウチから飛び上がりそうになった。

「なっ、何!?」

「ベッドに横になって虚を見せてくれ」

「あ、ああそう、そうね！　脱ぐよ自分で！」

（こいつが無駄にエロい声で言うから！）

半ば切れ気味になりながら、ベッドに移動して、必要以上に素早くシャツを脱ぎ捨てる。

詞葉がすぐ傍らに座り、露《あら》わになった胸を見て眉を寄せた。

「少し中を探らせてもらおう」

詞葉が虚の中に指先を入れてきた。相変わらず感覚はないが、妙な気分だ。手から腕と入っていき、ついに肩まで入ってしまったことに驚愕《きょうがく》する。

（うえ、なんか気持ち悪……）

「思っていた以上に虚が深いし、進行が速い。もたもたしている猶予はないな」

清良がシャツのボタンをとめている間も、詞葉は話を進めてくる。

「では私の手を取って、後について契約の文言を唱えろ。『図書塔を統べる者よ――』」

「えっ、いきなり？　供物的な物を配置したり、陣を描いたりは？」

「不要だ」

精霊との契約と言うから、もっと物々しい儀式を想像していた。

『図書塔を統べる者よ、その力を解き放ち、我を加護せよ。その代償として、精霊の求めに応ず』

詞葉と手を取り合い、契約の言葉を唱え終えた途端、全身がほんのりと温かくなって、浮き上がったような幸福感に包まれた。

「これで終わり?」

「ああ。これで晴れて私と清良は契約関係で結ばれた」

思っていたより略式と言うか簡単過ぎたせいで、実感もありがたみもない。

詞葉が「ここで待っていろ」と言い置いて部屋を出て行く。戻ってきた時には、その手に一冊の本を携えていた。清良が一年の間借りっぱなしにしていた例の『フェニックスの祭壇』だ。

「無事に帰ってきて何よりだ」

詞葉は優しい手つきで朱赤の表紙を撫《な》でた。ひょっとして、ずっと本の行方《ゆくえ》を案じていたのだろうか。

(図書塔の精霊だもんな。俺が一年前にこの本を持ち出したことも、わかってたよな)

「その本、長い間借りててごめん」

「謝る必要はない。この本《こ》がお前について行くことを望んだのだ。清良を見かけて、よほど気に入ったのだろう。もしかしたら、この本《こ》なりに私の身を案じてのことだったかもしれないが」

詞葉は謎めいたことを言った。

「それでは、虚の修復作業に入るとしよう。おいで、珊瑚《さんご》」

詞葉が階下から持ってきた本の上に手をかざすと、羽虫のようなものがどこからともなく現れた。

見れば、珊瑚と呼ばれたそれは身長十センチ程の人型をしており、人間で言えば一歳児ぐらいの幼い容姿をしている。足元まであるネグリジェのような純白の服を着ているので、女の子のように見えるが、性別がそもそもあるのかどうかもわからない。炎のように揺らいで一瞬も同じ形をしていない緋色《ひいろ》の髪と、絶え間なく羽ばたいている透き通った朝焼け色の翅《はね》が、とても綺麗だ。

珊瑚は清良の周りを飛び回りながら、小鳥の囀《さえず》りめいた声でしきりに何かをしゃべっている。言葉の意味はわからないが「キヨラ」「ショウ」という単語だけはかろうじて聞きとることができた。

「この子が『フェニックスの祭壇』に宿ってる本の精？」

「そうだ。一年の間お前の傍にいたが、私の力でようやくお前にも珊瑚の姿が見えるようになったわけだな。今回の行程では先導役を務めてもらう」

「こんにちは」

声をかけてみたら、珊瑚はさも嬉しそうに清良の周りを一周してから、本の端にふわりと降りた。

（鏡の妖はあんまり友好的じゃなかったけど、本の精は嫌いじゃないかも）

珊瑚が小さな両手を組んで歌い始めた。部屋がぼうっと明るくなり、表紙からキラキラと輝くものが立ち昇る。光の粒子が舞う中で本が浮き上がったかと思うと、その大きさがぐんぐん増していき、やがて本の表紙そっくりな朱赤の扉へと変わった。二羽のフェニックスがダイヤ型を形作る意匠の中に、本のタイトルが刻まれている。

「これは？」

「この書の世界に続く扉だ。これから私と珊瑚とお前とで中に入り、お前が置き忘れてきた欠片の在り処《ありか》を探る」

「ユルゲンが旅した魔法の世界がこの扉の中にあるってこと？」

一気にテンションが上がった。子供の頃胸をときめかせた世界を眺めたり、作中の登場人物や不死鳥に会えたりするかもしれないのだ。高校生になったとはいえ、物語で描かれている世界をこの目で見てみたいという憧れ《あこが》が、消えてしまったわけじゃない。

「喜んでいるところに水を差すようだが、ここは閉じて完結した世界、世界観を崩そうとする者に対しては容赦のない異界だ。中で誰かと出会っても、彼らに引きずられないと約束してくれ。お前がどんな冒険をしようと、お前がこの本に影響を与えることはない。どれだけ心を砕いても、中で出会った者は、お前を覚えていることができないのだから」

詞葉の厳しい表情を見ていたら、浮ついた気分がすっと冷えた。映画のセットを物見遊山で見学するような気分でいてはいけないようだ。

「さあ、この手を取れ。中ではけっして私から離れるなよ」

朱赤の扉を開いた途端、一行は勢いよく中に吸い込まれていった。


気がついた時には、夜の路上に立っていた。ヨーロッパ風の街並みの中に、店名が書かれたガラス扉のある店を見つけて嬉しくなる。

「あのアンティークショップを知ってる。主人公が魔導書『フェニックスの祭壇』を見つけた店だ。あそこから全てが始まるんだ」

店に向かって歩き出そうとしたが、腕を強くつかんで止められる。詞葉が警ら中の警官を指し示したので意識して見ると、警官の数が区画に対してやけに多い。

「彼らは、世界観を破壊しようとする侵入者を排除するために置かれた、この世界の免疫システムだ。見つかれば自我を抹殺されかねない。奴らに見つからないように進むぞ」

真っ直ぐ道を渡ればすぐに着く距離を、珊瑚の先導で建物の陰を移動しながら進む。

店に入ると、人の姿はなかった。何体もの古い自動人形《オートマタ》や、凝った細工の香炉《こうろ》、その他古びていて用途もよくわからない不可思議な骨董品《こっとうひん》が雑多に陳列されている。一番奥の棚の隅に、図書塔にあるのと見た目はそっくりな『フェニックスの祭壇』が置かれていた。

「その本のページを開け。早く、店主が戻ってくる前に」

詞葉に命じられて急いで本を開く。慌てていたので、本の半ば辺りを開いてしまう。

次の瞬間、清良の視界は真っ暗になった。

驚いて声を上げそうになったその時、視界いっぱいに撒き散らされた星屑《ほしくず》のようなものが現れた。

星屑の一粒一粒が芽吹き、透き通った六角柱の木々からなる林が、凄まじい勢いで育っていく。林はやがて輝く密林となった。水晶細工の枝葉が眩《まばゆ》くきらめき、多面カットの宝石でできた蕾《つぼみ》が次々とほころぶと、花芯からダイヤモンドの星が零《こぼ》れて、一つ、また一つと漆黒の空へ上って行く。地上を水晶の森が、空を無数のダイヤモンドが覆っていくにつれて、世界はどんどん輝度を上げていき、光が視界を埋め尽くしていく。

「わあ……凄……」

驚くべき眺めに思わず見入ってしまう。ここは主人公ユルゲンが魔法世界で最初に辿《たど》り着いた「星の故郷」だろう。

「何を惚《ほう》けている。長居は無用だ。お前はこの世界と特に親和性が高そうだからな」

先を飛ぶ珊瑚の後を追い、詞葉は清良の手を後ろ手に握ったまま、滑《なめ》らかな動きで茎を伝っていった。重力が働いていないかのように、体が軽い。巨大な水晶柱や宝石の花房を避《よ》けて跳躍するたびに、茎から転落しそうでひやりとする。森の木々達は、繁茂する領域を広げながら大きさを増していくばかりで、やがて道代わりの茎の太さもちょっとした路地程の幅になった。これならそう簡単に転落しそうもない。

時折、詞葉が掌《てのひら》をかざすように動かすと、細かな砂のようなものがキラキラと光りながらそこに吸い寄せられてくる。詞葉は集まったそれらを口に含んだ。

「何してるの？」

「お前の気配が残る欠片を集めている。この辺りにあるのは細片ばかりだな」

俺の欠片を食うのかよ、と内心引いていると、清良の心を読んだように詞葉が言った。

「お前の欠片は、今のままでは虚構世界《この》の成分を含みすぎているからな。一度私の中に取り込んで無毒化してから、お前の中に戻してやる」

「そうなんだ。なあ、もしかして詞葉には俺の欠片がある場所がわかるのか？」

「ああ。欠片はお前と共振して『鳴って』いるから、ある程度の方向や位置はわかる」

地平が雲母のように輝きだした。ふいに足元が消え、体が宙に放り出される。水晶の森が唐突に終わったのだ。

「うわあああっ！　落ちる、落ちるっ」

空中で詞葉に引き寄せられて、懸命にしがみつく。

長い落下の感覚の後、気が付けば雪上に降り立っていた。詞葉に横抱きにされ、しっかりしがみついた状態でいることにはっとして、慌てて体を離す。すらりとした着衣姿からは想像もできない逞《たくま》しい腕や胸の感触が妙に生々しくて、どぎまぎしてしまったからだ。

三人は黙々と雪原を進んでいった。

しばらく進んだところで、珊瑚がオオルリの囀りに似た高い声で何かを言った。

「ピイイ、……ピルルル…」

詞葉に腕をつかまれ、こんもりと雪を被った大木の陰に引き込まれる。かろうじて視認できるぐらいの遥か彼方で、純白の竜のシルエットが雪煙に包まれて揺らいでいる。

「おそらくあれも免疫システムの一つだろう。だいぶ距離はあるが、念のため見つからないように進むとしよう」

それからは、一層慎重に歩を進めた。竜を警戒して、木の陰から陰へと移動するため、ロスが多い。その間も、詞葉は雪の結晶を含んだ突風が吹くたび体を盾にして清良を守り、足元が危うい箇所では支えながら、清良の細片を集め続けた。珊瑚の導きと詞葉の助けがなかったら、清良一人ではとても広大な雪原を渡ることなどできなかっただろう。

何時間進んだろうか。空気は肺が痛むほど冷たいのに、照り付ける日差しとそれを反射する雪の輝きで肌がちりちりする。

と、その時、突然珊瑚が短く鋭い警戒音を発した。

ずっと警戒を怠らずに来たはずなのに、いつの間にか、彼方の竜が体をこちらに向けている。次の瞬間、鼓膜が破れそうな程の咆哮《ほうこう》が、白い大地を揺るがした。

竜の姿がどんどん大きくなるにつれて、大気が温度を下げていく。

「奴《やつ》のブリザードに巻かれるぞ。珊瑚！」

詞葉は珊瑚を指先にとめて掌を前にかざし、清良の知らない言葉を唱え始めた。そうしている間にも、氷焔《ひょうえん》の化身のような幻獣は凄まじい勢いでこちらに迫《せま》ってくる。雪面が見る間に氷を張っていき、全身が凍り付きそうだ。

「詞葉！　追いつかれる！」

目の前に、忽然《こつぜん》と象牙《ぞうげ》色の扉が現れた。細かな筆致で描かれた扉絵の中に、巨大な飾り文字が浮かび上がっているデザインのそれは、本の章扉によく似ていた。

足が氷面に囚《とら》われる寸前で、扉の中に転げ込む。扉の中は、仄暗《ほのぐら》い小部屋になっていた。がらんとした何もない空間だが、凍え切っている今の清良にはとても暖かく感じられる。

「……助かった……」

息を弾ませながらふり向くと、詞葉が床に片膝《かたひざ》をついている。

「詞葉？」

「何でもない。……清良は？　凍傷になってはいないか？」

「俺は大丈夫」

「抱いて温めてやる必要はなさそうだな。少し残念だ」

本気なんだか冗談なんだかわからないことを言うと、詞葉は立ち上がって歩き出した。

数えきれないほどの部屋を通り抜け、白の林に出た。その林を抜けると、海辺の都市「水の都」が現れた。

桜色の壮麗な建築物が、ターコイズブルーの水上から緩やかな勾配《こうばい》の山肌にかけて、みっしりと立ち並び、水中を覗き込むと、水面《みなも》の下には古い時代の建造物が沈んでいる。

都は祭りの最中らしく、陽気に騒ぐ人々でごったがえしていた。通りすがりの清良達にも、気前よく美味《おい》しそうなパンの籠《かご》や飲み物の入ったゴブレットが差し出される。渇きを感じて伸ばしかけた手を、詞葉から止められた。この世界のものを飲み食いしたら、元の世界に帰れなくなる可能性があるのだと知る。

都を抜け、岩礁ばかりの荒々しい海辺を進み、奇怪な植物の生い茂る不気味な森へと分け入った。森の奥に行く程に、周囲の様子は禍々《まがまが》しさを増す一方だが、詞葉が歩調を緩める気配はない。

「どこまで行くの？」

「一番大きなお前の欠片を回収できるまでだ。気配を追ってここまで来たが、どうやらかなり奥まで行かねばならないようだな」

詞葉は難しい顔をしている。

「奥に行くと何かまずいことでもあるのか？」

「虚構世界の最深部まで進めば、物語固有の世界観は崩れ、無数の物語が溶け合って混濁したカオスエリアが広がっている。自我や理性を失った者達が徘徊《はいかい》している危険な場所だ。欠片の在り処によっては、回収を諦めざるを得ないかもしれない」

この世界に入ってからどれほどの時間が経過したのだろうか。腕時計に目を走らせると、どんな力が働いているのか、液晶表示は一行が旅立った時刻のまま動いていない。

また何かが襲って来るのではないかという緊張が、地味に体力を削っていく。現実世界よりずっと体が軽く感じるとはいえ、日頃インドアな清良は、自分の限界が近いと感じていた。詞葉は常に清良の足元に気を配り、音もなく迫ってくる食肉植物を薙《な》ぎ払っては、遅くなりがちな歩調に合わせてくれた。

ついに立ち止まった場所の先では、深い霧がかかり、奥が見通せなくなっていた。

「この先はカオスだ」

詞葉に聞かされていた話のせいか、清良の目には、霧が非常に邪悪なものに映った。苦労してやっとここまで来たのに、目的を果たせないまま引き返さねばならないのか。唇を噛《か》み締めた清良の耳元で、珊瑚が一声、高い声を上げた。

霧が立ち込めている境界辺りに生えた木の根元で、何かが光を反射している。

詞葉が近づいてそれを拾い上げ、暗い森に差す僅かな日の光に向かって掲げた。鉱石の結晶に似たそれが、日の光を透過して、瑠璃色の光を四方に投げる。その色合いは、思い出の中の海の色によく似ていた。

「綺麗だね」

思わず清良がそう言うと、詞葉が穏やかに答えた。

「これが探していたお前の心の断片だ」

これまで詞葉が集め続けてきた砂のようなものとは違い、五センチ四方程もある。美しくて眩いそれは、とてもいいもののように見えた。こんなに綺麗なものが、自分の心の一部だなんて、本当だろうか？

詞葉は大切そうな仕草で青い結晶を口に含むと、艶《あで》やかに笑った。

「清良。お前の味は甘露だな」

「……そんなこと、俺に言われても」

清良は詞葉の口元から目をそらした。自分の肉体の一部を味わわれているようで、なんだかきまりが悪かったのだ。


復路には、詞葉が再び出現させた扉を使った。今度の扉は、この世界に入ってきた時とそっくりの朱赤をしていたが、二羽のフェニックスが翼を広げてダイヤ型を描く意匠の中に、本のタイトルが入っていないことから、これが裏表紙だと想像がつく。

扉を抜けた瞬間、体がずっしりと重くなり、膝ががくっと折れそうになる。

そこはもう、図書塔五階にある詞葉の部屋だった。

一晩以上経ったと思ってたのに、部屋はまだ明るい。明り取りの窓から差し込む日の光が、床の上で踊っている。時計を確認すると、夕方の四時五十七分、出かけたときと同じ時刻だ。どうやら、本の世界の中で過ごしている間、時が経つことはないようだった。

詞葉は傍の椅子の背につかまって、辛《つら》そうに肩を弾ませている。

「大丈夫？」

不安な面持ちで見つめていると、男は顔を上げて笑った。無理をしているとわかる強張《こわば》った表情だ。珊瑚も心配そうに詞葉の顔を覗き込んでいる。

「どこか苦しいの？」

「人間のお前より耐性があるとはいえ、物語の世界にとっては私も異物だからな。力で干渉すれば、相応の報いを受けるというだけだ」

「じゃあ、さっきあの中で扉を出したせいなのか？」

竜から逃げた直後にも、詞葉は膝をついていた。何でもないと言っていたけれど、たぶんあの時もきついのを隠していたのだ。

早くに父を亡くし、母にも頼れない清良には、自分のことを守ってくれる存在など長らくいなかった。詞葉が不調を押して庇《かば》い続けてくれたのかと思うと、胸がギュッとなる。

清良の欠片の回収には、詞葉の協力が不可欠だ。だが、その過程で精霊である詞葉にダメージが及ぶことがあるなんて思わなかった。

一緒に冒険したことで、清良の中にはこの精霊への信頼めいたものが生まれ始めている。詞葉に頼れなくなったら困るというばかりではなく、彼が傷つくのは見たくない。

それに、物語の世界の中では詞葉も異物扱いされるのなら、清良の破片を身の内に取り込んで浄化することに、リスクやダメージはないのだろうか？

「この程度、こちらに戻ればすぐに回復するし、全く問題はない」

詞葉は何でもないことのようにそう言ったが、漠とした不安は消えなかった。

「とりあえず、今日のところはミッション達成だ。初めて物語の世界を旅した感想は？」

「凄かった。死ぬかと思ったけど、何もかも想像を超えてた。大冒険をした気分」

「また行ってみたいと思うか？」

「う……」

見たこともない光景、イメージを凌駕《りょうが》する鮮烈な世界に、興奮したことは事実だ。けれど、また行きたいかと言われると「安全な場所から眺めていられるなら」と答えたくなる。言葉に詰まった清良を見て、詞葉が笑った。

「気が進まなくとも、また行くことになる。図書塔の中の少なくない数の本達が、お前に感応して微《かす》かに鳴っている。お前は読書家なのだな。くまなく探索すれば、もっとお前の記憶に強くリンクした大きな破片が眠る本も見つかるだろう」

ずっと二人の傍でふよふよと飛んでいた珊瑚が、いつの間にか『フェニックスの祭壇』の表紙の端に腰かけて、しきりに眼を擦《こす》っている。

「珊瑚、よくやってくれた。お前のお陰でとても助かったよ。ゆっくりお休み」

詞葉が人差し指で小さな頭を撫でてやると、珊瑚は欠伸《あくび》してからふにゃっと笑い、本の中に吸い込まれるようにして消えた。

「あの本は本の精《こ》としてはまだとても幼いのだ。最後まで意識を保てるかどうか危ぶんでいたが、本当によく頑張ってくれた。応急処置には今日の欠片で足りるだろう。二人きりになったことだし、早速次の段階に移るとするか」

「次は何をするの？」

詞葉が歩み寄ってきて、傍に立った。と思った次の瞬間、何の躊躇もなく清良のベルトに手をかけ、制服のズボンと下着を一気に引き下ろしてしまった。

早業《はやわざ》過ぎて、清良が己の丸出し状態に気づくまで一瞬の間があく。

「おいっ、何してんだよっ？　虚があるのは胸！　何で下を脱がせるんだよ？」

「私の陰茎をお前の尻に挿入するために決まっているだろう」

「……は？」

とんでもないことを当然のように言い放たれる。

「意味がわからないのか？　私の男根、ファルス、ペニスを、お前のア」

「わ――!!」

破廉恥《はれんち》な言葉をこれ以上言わせないよう叫んだ。

「さらっと何を言ってるんだろうね、この精霊さんは？　『決まっているだろう』って、決まってないよね!?」

「契約を交わす前に言っておいたはずだ。書物の中から集めた欠片を、私の体を通してお前の中に注入する、それを受け入れろと」

記憶を遡《さかのぼ》れば、確かそんな話をされたような気がしなくもない。

（でも、あんなのでそっち方面の話だとわかる奴なんて、いなくない？）

淀《よど》みなく話を続けながらも、脱がせる動きを止めない詞葉の手際の良さが怖い。攻防も空《むな》しく、シャツの前は全開、下半身には靴下だけという姿にさせられてしまった。

全裸に等しい状態でベッドに押し倒されかけて、パニックになる。このままでは本当に言われた通りのことをされてしまう。

「ちょ、嘘、待って、いや無理、無理無理無理無理無理！」

本気で暴れると、詞葉はようやく動きを止めた。不本意そうな顔で見下ろしてくる。

「お前の年頃というのは、何をおいてもまず性欲ではないのか？　この学校に棲むようになってこの方、求められこそすれ、拒絶されたことなど一度もないのに」

（こいつ、男性型にしかなったことないって言ってたよな。ここ、男子校なんだが）

いいのか、みんなそれで。

清良の常識はこの二日で覆りまくっていて、最早《もはや》何が正しいのかわからない。

「それなら清良は、どんなことをすると思っていたのだ？」

「何も考えてなかったけど、こんなの想定外過ぎるだろう……。あんなところにそんなもの挿れられるとか、普通に怖いし」

「未知のことは誰しも怖いものだ。無理なことはしないし、最終的には清良も充分快感を得られると約束する。だから、安心して私に任せていればいい」

さももっともらしく畳みかけてくるが、この話のどこに安心材料があると言うのだろう。こんな綺麗な顔をして、押しに弱い処女を言いくるめようとしているエロオヤジのようだと思ったが、今まさに本気で口説かれている処女とは俺か、と気づいて愕然とする。

（どうすればいい。考えろ、考えろ）

自分を責め立ててみても、混乱していて思考がまとまらない。

「契約の力を行使してお前を従わせることはできるが、気のない相手を抱いても楽しくはない。治してやるし、悦《よろこ》ばせてやると言っているのに、何が問題だ。童貞だからか？」

どうして俺が童貞だっていう前提で話を進めてくるんだ、とカッとなる。

「どっ、……は俺の歳なら普通だろ！　俺は男だし、男とやるとか考えたことないから」

（せめて小動物系美少女の姿で、という選択肢はなかったのかよ！）

「ならば今、考えろ。虚をこのままにしておいていいのか？」

「……それは、よくない」

「しばし私に身を任せるのと、虚に飲み込まれて目覚めなくなるのと、どちらがお前にとってより回避すべき状況か」

（胸の穴を塞ぐために尻の穴を捧げろって、どういうことだよ……）

「お前の気持ちが整うまで待ってやりたいのはやまやまだが、このままでは虚の侵食が進んで、お前の自我は喰い尽くされてしまう。もう時間がないのだ。心を決めて私に身を任せろ」

未知の性体験は怖いが、虚に喰い尽くされるのはもっと怖い。何度も逡巡《しゅんじゅん》した後、清良は恨みがましい目で詞葉を見上げた。

「裂けたり、後で寝込んだり、人間じゃないものにされたり、しない？」

「だから私は悪魔ではないと言っているだろう。本当にお前といると退屈しないな」

詞葉が可笑しくてたまらないといった風に笑い出す。

「大事に抱くと約束する」

急に声音が深く、甘くなる。

抱き寄せられながら、ゆっくりとベッドに横たえられる。詞葉は腕枕の形で清良を腕の中にすっぽりと納めてしまった。

本能的な怯えと訳のわからない興奮からくる体の震えが止まらない。

首筋に引き寄せた清良の頭を、詞葉は静かに撫で続けた。時間がないと言った割に、急くことのない優しい手つきだ。セックスするのは怖いけど、頭を撫でてもらうのは気持ちがいい。ガチガチに固まっていた体から、自然と力が抜けていく。

撫でるような口づけが、そっと額に落とされた。唇は、清良の瞼《まぶた》から頬へと優しく滑っていく。心臓が暴れて痛い、壊れそうだ。

思っていたよりずっと柔らかな感触が、清良の唇へと重なってくる。最初は羽根が舞い降りたように、やがて、互いを馴染《なじ》ませるように。詞葉の唇はひんやりしているのだろうとなんとなく想像していたので、思いがけない温かさにちょっと驚く。

これが、キス。凄く気持ちが良くて、全身が淡く痺《しび》れた。

「少し唇を開いて」

催眠術にかけられたように言われるがまま唇を開く。独立した生き物のような動きで詞葉の舌が入ってきたことに驚き、びくっと体をすくめてしまった。

「口づけには慣れていないようだな」

「……悪かったな。初めてで」

蜜《みつ》を含んだようなエメラルド色の眼差《まなざ》しが、心臓に悪い。

「悪いどころか、凄く好みだ。色気はないと思っていたが、なかなか愛《う》い顔をする。全部私が教えてやろう。これも、その先も」

舌を絡め合うキスに思考も感情も掻《か》き回されて、何も考えられなくなる。まるで雲の上にでもいるみたいだ。

夢中になっていると、映画の場面が転換するように、ふいに部屋の光景が変わった。

清良は、中学の教室で自分の机に向かって本を開いていた。詰襟《つめえり》姿のクラスメイト達の会話が、耳に入ってくる。

『青海って、兄弟が死んだんだろ。あいつの母ちゃんも——』

清良は目の前の活字に意識を集中し、ノイズをシャットアウトしようとした。

物語の世界へ上手にダイブできれば、こんな忌々しい場所から遥か彼方へ、何万光年先まででだって行ける。本を持ってきていてよかった。そうだ、自分には本さえあればいい。本の世界は自分に何も求めてこないし、自分を傷つけたりしないのだから。

「清良」

自分の名前を呼ぶ声が聞こえてくると、再び場面の転換が起こった。自分を見下ろしている、黒髪に縁どられた美しい顔が眼に入り、続いて部屋の様子が見える。ここはさっきまでいた詞葉の部屋のベッドの上だ。

「……今の、何？　俺、確かに中学の教室にいて……」

胸が引き絞られているように、酷く痛い。ただのフラッシュバックとは違って、清良は今の今まで中学の教室にいた。触れていたページの手触りまで思い出せるのに。

「口づけを伝わって、お前の欠片の微粒子がお前の中に入ったのだろう。私の中にも、お前があの世界に置き去ってきた記憶と痛みが流れ込んできた。辛かったか？」

「俺は……」

「辛くとも、これはお前にとって必要だったもの、なかったことにしてはならなかった大切な痛みだ」

この時のことは今まですっかり忘れていた。耀流の死後、活字依存になった頃の記憶だろう。一つ一つは細かなこういった出来事の積み重ねが、読書を逃げ場にさせたのだ。弟を亡くしたショックが大きかったせいか、あの頃のことは正直よく覚えていない。

「清良は細身だが、整った綺麗な体をしているな。何か体を使うことをやっていたのか」

急に話題を変えられて少しばかり混乱した。

「えっ。全然。スポーツは、子供の頃に弟の耀流と少しサッカーをしていたぐらいだよ」

誰かに裸をまじまじと見られたことなどないから、舐《な》めるように視線を這わされると、恥ずかしくて仕方がない。ましてや、詞葉の方はまったく着衣を解いていないのだ。

「あんまり見るなよ……」

肉体に意識を引き戻されたことで、胸の痛みは霧散していった。詞葉の視線が当たってい
る箇所から、全身の肌が敏感になっていくのがわかる。

「お前の体は現実世界《ここ》にある。今は私を感じていろ」

鼓膜が溶けそうな低音で囁《ささや》かれた。

（こいつ、絶対自分の声の威力を知ってて、わざとやってる）

腰の両脇から尻の丸みを撫で上げられ、仙骨から双《ふた》つの丘が割れ始める辺りへと指を滑り込ませられれば、背筋に力が入らなくなる。

キスが喉仏を通って胸元まで降りてきた。あまり意識したことのなかったささやかな尖《とが》りを優しく舌で転がされ、吸い出されるうちに、そこはただの飾りではなくなっていく。すっかり硬くなってしまったそこを、右は唇で食《は》まれ、左は指先で苛《いじ》められると、疼痛《とうつう》にも似た刺激がダイレクトに下腹に伝わってきて、自然と膝が緩んでしまう。

「ふぁ……あ、……ああん、っあ……」

自分が絶え間なく声を上げていることにも、もう気づいていなかった。詞葉の掌が清良の体中を彷徨《さまよ》い、敏感な箇所を探り当てては覚醒《かくせい》させていく。初めて知る刺激に体が仰《の》け反《ぞ》るたび、下腹が熱くなっていく。

何度目かの波をやり過ごせずに、とうとう清良は触れられないまま前を弾けさせていた。

詞葉の指先が、ついに双丘《そうきゅう》の奥まで辿り着く。先ほど吐精したばかりのものを窄《すぼ》まりに塗り付けられ、その周辺を小さな円を描くように撫でられて、自分の体のこんな場所にも敏感な箇所があるのだと知らされる。

塗り付けられたぬめりの力を借りて、指を挿れられた途端、強すぎる感覚が走って思わず「あっ！」と声が出た。粘膜を直接捏《こ》ねられているような、強烈な刺激だ。

「あ、やだ、やめっ」

「大丈夫だ。清良は感じやすいから、これをすぐに悦ぶようになる」

（こんなところを弄《いじ》られて悦ぶようになんかなりたくない）

「んんっ、ぅあ！」

身を捩《よじ》って逃れようにも、しっかりホールドされていて逃れられない。詞葉の長くて綺麗な指が、自分のそんなところに埋め込まれていると考えるとどうにかなりそうで、痛みとも熱とも違うそれが清良には耐えがたくて、じっとしていることができなかった。

「あ、あん！　ぁあんっ、ひぁあっ」

指を一本、二本と増やされていき、ついに三本の指でじわじわとその場所を掻き回されると、脳まで溶けていくようだった。腑《ふ》抜《ぬ》けた声を漏らし続けているせいで、ずっと開きっぱなしの唇の端からは唾液《だえき》が垂れ続けている。

「挿れるぞ」

と言われて、反射的に指を食い締めてしまう。

「そうだ、もっと締めてみろ。私の指をちぎるつもりで、もっとだ」

もうまともな思考能力はなかった。この甘い苦悶《くもん》から一刻も早く逃れたくて、ただ言われるがままに力を入れ続ける。これ以上締めていられなくなって、自然にその場所が開いたタイミングで指を抜かれ、間髪を容れずもっと質量のあるものが入ってきた。

弛緩《しかん》した窄みは、拒むどころかどんどん男のものを受け入れていく。

「あっ、だめえ……うぁ、あぁぁ……」

今の自分の状況が、とても信じられなかった。あられもなく開かせられた下肢《かし》の間に、男の猛《たけ》り立ったものを、深々と挿入されてしまっているなんて。第一、自分に覆いかぶさっている極めて美しいこの男は、人間ですらない。

「痛むか？」

思いがけず優しい声で問われて、頭《かぶり》を振る。

「でも、へん……変な感じ……」

めいっぱいまで拡げられた穴の縁がピリピリするし、太いものを埋め込まれた腹の奥が重たい。妙な痺れの波動が下腹から生まれて、全身に伝播《でんぱ》していくのが、不穏で怖い。

途切れ途切れの言葉の中で、なんとか肉体の常ならざる状態を伝えると、詞葉はちょっと悪い顔で色っぽく笑った。

「清良。それが感じるということだ」

「そんなはず……ひあっ」

いきなり性器を握り込まれる。

「それなら、どうしてここをこんなに腫《は》らしている？」

「やだっ、擦るなよっ、やっ、あぁぁっ」

清良の前を扱《しご》きながら、詞葉がゆっくりと腰を揺らし始めた。

あやすような手技を屹立《きつりつ》した下腹に与えられ、じわじわと擦り付けるような最小限の動きで内壁を捏ねられる。激しく抜き差しはせず、乱暴なところのまるでないソフトな動きだったのに、経験のない清良には前後同時の責めは刺激が強すぎて、眼の裏に火花が散った。

「ああっ、あっ、あひっ、ひんっ……」

打ち寄せるたびに高く強くぐんぐん育っていく感覚が怖い。

「お前のこれが零した嬉し涙が、奥にまで垂れているぞ。前も後ろもとろとろだ。弄月の前に抱いて行って、お前がこれを悦んでいる証拠を映して見せてやろうか？」

「やだっ、やだあっ」

扱かれている前からも、繰り返し突かれている後ろからも、卑猥《ひわい》な水音が響いているのを自覚させられ、羞恥《しゅうち》と惑乱のあまり死にそうになる。程なく、清良は二度目の絶頂を迎えた。

手の中に放たれたそれを、詞葉は赤い舌で舐めとった。

「舐めた……信じられない……」

「人々の関心を生体エネルギーに変換して生き永らえてきた私にとっては、私の手によって放たれたこれが、何よりの馳走《ちそう》だ」

「えええ……」

「存分に楽しみたいところだが、何せお前は初物だ。今日は、あまり時間をかけずに終わらせてやろう。さあ、お前が手放した記憶を受け取るがいい」

清良をみっちりと貫いているものの嵩《かさ》が増し、ぶるりと震えたかと思うと、腹の奥が湯を零されたように温かくなる。

と、またもや視界がぐるんと大きく転換した。


清良は、自宅の鍵を手にして玄関ポーチに立っていた。玄関灯が点《とも》っていないせいで、とても暗い。目線が今より低く、さっきと同じ詰襟を着ている。

清良は何度か深呼吸をしてから鍵を開け、明るい声を出した。

「ただいま！」

いつものように返事はなく、家の中は真っ暗だ。挫《くじ》けそうになる心を励ましてリビングのシーリングライトをつけると、やはり母の美遥は仏壇の前で放心していた。

「ただいま、母さん。今日は国語の小テストが返ってきたよ。また百点――」

その時、美遥が清良を見た。艶のない穴のような目で清良を見つめ、訝《いぶか》しそうに首を傾げる。まるで、この少年は誰だろう、どうしてうちにいるんだろう、とでもいうように。

動悸《どうき》が酷くなり、指が震えてくる。けれど、清良はそんなことには気づかないふりをして、レトルトカレーを温めながら、学校であった話を面白おかしく脚色して喋《しゃべ》った。けっして母の目を見ないようにしながら、心の中では別のことを必死で考え続ける。

(食事を済ませて、一秒でも早く本の続きを読まなくちゃ)

そうしないと、考えない方がいいことを考えてしまいそうになる。今夜のように、母から見知らぬ人を見る目を向けられた後にはどうしても考えてしまいそうになることを。

耀流が死んで、母の心の大部分もここではないどこかに行ってしまった。もう一歩も動けずにうずくまっている人のような姿をして、今日も母はここではない他の場所で、耀流を呼び続けているのだろう。

(でも母さん、俺は生きてるんだよ。いつもでなくていい、たまにでいいから、俺も見てよ)

ほら、早く二階に行って本を読まないと、いつもの怖いあれが来る。これ以上考えたら、怖いあれに捕まってしまう。

(母さんにとって、耀流がいない人生は、そんなに生きてる価値がないの。それじゃ、母さんにとって、俺は何?)

小さい頃は体が弱くて母に心配ばかりかけていた清良とは違い、いつも服を泥だらけにして帰って来る耀流は、清良の看病に疲れた母にとって、外の風を連れてきてくれる心の慰めであり光だった。

考えちゃ駄目だと必死で抗《あらが》っても、思考が最も恐れている場所へと雪崩《なだ》れ込んでいくのを止められない。

(ねえ、母さん。本当は、耀流じゃなくて俺が死んだらよかったと思ってるんでしょう?)

「清良っ、清良!!」

気がついたときには、詞葉に大声で名前を呼ばれ、肩を揺さぶられていた。全身が痙攣《けいれん》し、胸に巨大な弾丸でも撃ち込まれたようで、痛くて苦しくて呼吸ができない。

「苦しいか。飲み込めないなら吐き出せ」

苦しさのあまり、とめどなく涙が頬を伝ってゆく。吐き出して楽になりたい、でも。

清良は駄々を捏ねる子供のように頭を振って、吐き出すことを拒んだ。

だって、詞葉が必要な痛みなのだと言った。なかったことにしたこの記憶も、清良にとって要《い》るものなのだとしたら、どんなに痛くても耐えてみせる。

断続的な痙攣の発作が少しずつ小さくなり、やがて清良の体から力が抜けた。

「清良、お前は強い子だ。今日の欠片が、たぶん全ての糸口になる。辛かっただろう。よく耐えきったな」

汗ばんだ背中を優しくさすり続ける手が、安全な場所に戻って来たのだと教えてくれる。どっと緊張が緩み、清良は大きくしゃくりあげた。

「っく、……ひっ、……ぅうっ、うぁっ」

泣きじゃくる体が静まるまで、詞葉はずっと抱き締めていてくれた。セックスはまだ少し怖いけれど、詞葉に髪や背中を撫でられるのは好きだと思った。それからキスも。

ようやく清良が静かになったのを見届けて、詞葉が体を起こそうとした。

「体を清めてあげよう。クローゼットにタオルが残っていたはずだ」

「行かないで」

自分でもぎょっとするほど切ない声が出てしまった。

「もう少しだけ、このままでいて」

詞葉は起こしかけた姿勢を戻し、再び清良の体を抱き寄せた。

こうして隙間なく抱き締められていると、幼い頃に戻ったようでほっとする。昨日会ったばかりの人間でもない相手と、違和感なくこうして身を寄せ合っていることが不思議だけれど、詞葉の胸はまるで清良のために誂《あつら》えられているようにしっくりくる。

何も話さず、ただ呼吸だけが重なっていく。長い時間そうしていたら、ずっと無感覚だった胸の辺りがじんわりと温かくなったのを感じた。

凪《な》いだ気持ちのまま、ぽつんと言葉を置く。

「俺の母さん、いつもあんな風ってわけじゃないんだよ。何日かに一度は、俺の話も聞いてくれるし」

「そうか」

「ありがと。もう大丈夫」

そろそろ服を着て帰らなければと思い、詞葉の腕から抜け出して身を起こした清良は、自分の肉体に起こった異変に気づいた。

鳩尾に開いていた不気味な穴が消えている。

「詞葉！　虚が塞がってる！」

「塞がったわけではないぞ。人目に触れても不都合がないよう、表面から先に修復しただけだ。お前の虚は一度で塞げるような浅いものではない。ここで修復作業を中断すれば、侵食が進んで再び表に表れるだろう。当分は通ってもらうことになる」

治ったかと思っただけにがっかりしたが、目に見えて効果があったことは嬉しい。

「……ここに来るたびに、こういうことするの？」

「無論だ。嫌か？」

事の初めには動揺したし、欠片を取り込んだ時の過去の再現はかなり強烈で、声が嗄《か》れるまで泣いて酷く疲れた。でも、泣き止《や》むまで抱き締めてもらった時間は、悪くなかった。

何より、見た目で虚がわからなくなったことは大きい。もう、着替えを誰かに見られても心配は要らないのだと思うと、心底気持ちが軽くなった。

そして詞葉との性行為は、正直に言って凄かった。何をされるかわからない怯えと裏腹の、視界が点滅して意識が飛ぶ程の凄まじい悦楽。普通ではない快感を、望んでもいないのに体に教え込まれてしまった。この先の自分の人生が心配になる。

（あんなの、癖になったら困る）

「嫌か嫌じゃないかは、まだ保留だけど、いろいろ動揺はしてる」

「いい傾向だな。だいぶ人間らしい顔になった。せいぜい動揺して狼狽《うろた》えるがいい」

余裕たっぷりな様子でそんなことを言ってくるのが憎らしい。

「何それ。なんか腹立つ」

「胸の中を私との色事でいっぱいにしていれば、当座は虚に引っ張られずに済むだろう。固く閉じていた心と体を開いたことで、お前は見違えるように美しくなり、艶を増した。だが、こうなると別の心配があるな」

「心配って何が？」

「虚のある人間は、良からぬものを惹きつけやすい。知らずに影響を受ける者、隙に付け込もうとする輩《やから》も現れるだろう。私の加護を受けた今なら、小物の妖や雑霊は退けられるはずだが、人間の思惑は埒外《らちがい》だ。頼むから、私の力の及ばない場所で襲われてくれるなよ」

最寄り駅に向かう電車の中は、帰宅を急ぐ学生や勤め人で溢《あふ》れていた。吊革《つりかわ》につかまって揺られながら、清良は図書塔で起こった出来事をとりとめもなく反芻《はんすう》する。

（なんか、いろんな意味で濃い一日だった。泣くのって結構疲れるんだな。声を上げて泣いたのなんていつぶりだろ）

裏返して洗ったポケットのように、心の中が隅まですっきりと空っぽになったような感じがする。図書塔を後にしてからずっと浮遊感が続いていて、いつも帰り道には重くなる足取りが、今日は軽い。

（家を出る時にはこんなことになると思ってなかったけど、俺、もう「未経験」じゃなくなっちゃったんだよな……）

経験してしまったことで何か変化はあっただろうか、と車窓に映る自分の顔を見つめてみるが、今朝までと比べて特に変わったようには見えない。

男に抱かれたんだ、と考えてみても、性体験をしてしまったことへの羞恥心が込み上げるばかりで、不思議と背徳感や喪失感はない。詞葉がとても丁寧に清良を扱ってくれたからかもしれないし、初めてなのに途轍《とてつ》もなく感じてしまったせいなのかもしれない。

ヘテロセクシャルであるという性的指向に疑いを持ったことはないが、いざとなると案外抵抗がないものなんだなあ、と他人ごとのように感心する。

今日、びくびくしながら図書塔を訪れた時には、詞葉に対する怯えでいっぱいだったのに、こうも簡単に心と体を許してしまうなんて、自分でも簡単過ぎではないかと思わなくもない。けれど、虚を塞ぐためにどうしてもこういうことを誰かとしなければいけなかったのだとしたら、相手が詞葉で良かったんじゃないかと思う。

ただ、自分の裏返された蛙《かえる》みたいなみっともない体勢や、汚らしい声で喘《あえ》ぎまくってしまったこと、甘ったれた言動の数々が自動再生されると、どこかに頭を打ち付けたくなる。

(これ思い出しちゃ駄目なやつ。恥ずか死ぬ)

火照った顔を隠すために、ジョージ・オーウェルの『一九八四年』を取り出して開いてはみたものの、冒頭の行を追うばかりで、まるで頭に入らなかった。

家に帰りついた時、玄関灯は今夜も点いていなかった。けれど、普段なら扉を開ける覚悟を決めるまで三呼吸は必要なところを、スムーズに入ることができた。

「ただいま」

暗いリビングに灯りを点けるのも、母の返事がないことも、さっき追体験した中学時代の記憶と違いはなかったが、今夜はあまり気にならない。今日一日で起こったことを脳内再生するのに忙しかったからかもしれない。

いつも通り、温めるだけの食事を手早く用意して、母の美遥と食卓で向かい合う。ずっと上の空でいた美遥が、ふと清良の顔に目をとめた。

「清良。目が腫れているけど、何かあったの？」

珍しく焦点の合った目で清良の顔を見て、心配そうな表情を浮かべている。

「ああ、帰りに読んでた本が凄くよくて、帰り道にちょっと泣いただけ」

「それならいいんだけど」

こうして普通に会話が成立しているなんて、ここ三年では滅多にないことだ。いい機会だから、明日から図書塔に通うために遅くなる言い訳をしておくことにした。

「あのさ、俺、図書委員になったから、帰りが遅くなると思うけど、心配しないで」

すると、美遥は箸《はし》を置いて、柔らかな表情で清良を見つめた。

「そう。頑張ってるのね。子供の頃は病気がちで、学校に行けない日も多かったのに。良かったわね。清良」

久しぶりに昔のままのような母に会えて、既にひたひたまで満ちていた幸福感が溢れだす。嬉しさで顔が緩んでくるのをごまかしたくて、清良は目の前の中華丼を頬張った。

（一日の始めには最悪の気分だったけど、終わってみればそう悪くない日だったのかも）

買い置きしてあるいつものレトルトなのに、今夜の中華丼はとても美味しかった。

第二章

清良の決まりきった日常の中に、図書塔で過ごす放課後の時間が組み込まれた。

「よう、ビビリ」

五階の隠し扉を開ける際には、必ず鏡に宿る妖、弄月の憎まれ口を聞かされる。「ビビリ」以外にも「間抜け」「ヘタレ」等々のバリエーションがあるのだが、それにももう慣れた。

図書塔を訪れて最初にすることは、清良が読んだ覚えのある本を一冊選ぶことだ。本の精が宿っている本ならその子を、そうでない場合は珊瑚を先導役にして、その世界を巡る冒険へと出かける。

扉をくぐった途端、ヘルメットと防護服をつけた男達が焚書《ふんしょ》を行っている場面に出くわしてしまったこともある。その時は、黒焦げのページを巻き上げているフォークナーの『サンクチュアリ』のすぐ傍から、清良の欠片を拾い上げ、向かってくる男達から間一髪で逃げ切ることができた。

ＳＦ小説の世界では極めて危険な状況に陥る確率が高いということを、経験から学んだ。恐怖小説の世界はまた別の、できれば足を踏み入れたくないどす黒い気配に満ちている。

そうかと思えば、白銀の世界でさくさくと雪面を踏みしめながらひたすらに散策したこともある。この世界の住人であるぽってりした姿の空想動物達が、長い冬眠に入ってしまったせいで、まるで生き物の影がなかった。免疫システムとして設置されている装置も見当たらず、珍しく心休まる旅だった。清良がシンクロし過ぎては害になるという理由で長居は許されなかったけれど、戻るのを少し残念に感じたぐらいだ。

旅を終えて詞葉の部屋まで戻ってくると、持ち帰った清良の欠片を用いて虚を修復するために、詞葉に抱かれるのがお決まりの流れだった。

勿論、初めから気持ちの上でも受け入れられていたわけではない。ただ、危険に満ちた旅の興奮が冷めやらないうちに、ずっと頼り切っていた相手から桁《けた》の外れた快楽を与えられれば、ごく最近までキスもしたことがなかった清良など、快感の誘惑に抗えるはずもない。最初の時には抵抗したし、不本意だったはずなのに、こうもすぐに男同士のセックスに順応してしまった自分が、多少男として情けない気もする。

（我ながらちょろいな……。でも、虚を塞ぐのは大事なことだし。それに、あの最中には頭が真っ白になって、何も考えられなくなっちゃうもんな）

二度目に抱かれた時には、一度目の時よりずっと長く抱かれ、骨がなくなってしまったかと思える程ぐずぐずに溶かされた。三度目を終えた時には、すっかり詞葉との情事に溺れてしまっていた。

詞葉と体を交えることは治療のようなものなのに、体の隅々まで愛撫《あいぶ》され、脚の間に太くて大きなものが入ってくる頃には、虚のことなどそっちのけで強烈な快感に支配され、無我夢中になってしまう。

(俺、女の子だったら、地味眼鏡系ビッチになってたかも)

困るのは、清良を自在に扱う指の感触や低く甘い声での睦言《むつごと》といった行為の際の記憶が、朝の電車の中でも授業中でもおかまいなしにフラッシュバックするようになったことだ。

一度など、コミュニケーション英語の授業中、生々しい感覚を思い出して勃起してしまった最悪のタイミングで、音読の順番が回って来たことがある。

前の席の生徒が読み終えて着席したら、次は清良の番だった。何も隠せない夏服であることを清良は呪った。今立てば、制服の前が張っているのを誰かに見られてしまう。具合が悪いと言って回避しようかと考えたが、保健室に行けとでも言われてしまったら余計に目立ってしまうし、どのみちアウトだ。

とうとう、前の席の生徒が割り当て分を音読し終えてしまった。どうしていいのかわからずにいる清良に、澤居は一瞬だけ目をとめてから、すぐに視線をクラス全体へと向けた。

「音読はここまで。夏休みを控えていい感じに浮かれてるお前らに、俺から素敵なプレゼントがあります。抜き打ちテスト、後ろに回せー」

途端に教室は大ブーイングに包まれる。清良は止めていた息を吐き出した。

もしかしたら、澤居は清良の窮状に気づいたのかもしれない。今の清良にできることは、これ以上誰にも知られませんようにと祈りながら、きつく膝を閉じて自らの興奮が収まるのを待つことだけだった。

知ったばかりの性体験に翻弄《ほんろう》される一方で、詞葉と交わす他愛無い会話も、思いがけず清良にとっては大きな楽しみの一つになっていた。

クラスで清良に話しかけてくるのは丹色ぐらいのものだし、無言で放心している母親に話しかけるのは壁打ちしているようなものだ。

ほとんど話さない生活でも特に寂しいと感じることもなかったから、自分は無口なたちなのだとばかり思っていたけれど、知らず知らずのうちに、人と話したい欲求が蓄積し続けていたのかもしれない。

図書塔五階の小部屋にいると、いくらでも話したいことが湧いてくる。話題に乏しいはずの清良の話を、詞葉がいつも本当に愉快そうに聞いてくれるからだ。

後で詞葉に話したら喜ぶかもしれないと思うだけで、目撃した教師達の奇妙な癖や、ただ騒々しいとばかり思っていた級友達の馬鹿騒ぎでさえ、興味深い観察対象に思えてくる。そんな風に眺めていると、退屈だった学校生活に少しだけ張りが出てきたのが不思議だった。

図書塔に通うようになって半月もすると、詞葉は清良の家庭の事情やクラスでの立ち位置、よく声をかけてくれる丹色の名前まで知り尽くしてしまっていた。

事後のベッドで裸のまま横たわりながら、気になっていたことを詞葉に訊ねてみる。

「夏休み中も学校が開いてる日は来るつもりでいるけど、改装工事で図書塔の中に入れなくなったりしないのかな。ここ、いつまで経っても工事に入らないよね？」

春から閉鎖されているのに、まだ足場が組まれるどころか養生シートすら張られていない。虚の修復が終わっていない清良としては好都合だが、いくら何でものんびりし過ぎていないだろうか？

「ここから東の方向に、建築中の建物があるだろう」

詞葉が、高校の敷地内にある建築現場に話題を振った。

「ああ、何か作ってるよね。あれ、何ができるんだろう？」

「あれが新しい図書館だ」

「えっ？　ここを補修するんじゃないの？」

「ここがまだ手つかずで残されているのは、建材の一部を新しく建てている図書館に使う予定があるからだ。向こうの進捗《しんちょく》に合わせて、壁のレリーフや天井飾りなどを外して運び出し、残りは取り壊される」

「そう、なんだ……」

この建物に耐震工事などを施して、この先も使うのだとばかり思っていた。この図書塔に憧れてこの高校に入った清良としては、ここがなくなってしまうと知って衝撃を受けたものの、気を取り直して明るい声を出す。

「でも、建物が新しくなっても、詞葉や珊瑚達がいるところが図書塔だよな。リニューアルされた塔の主になるのか。気分一新だね？」

「きっとあちらも素晴らしい図書館になるはずだ」

詞葉は静かな声でそう言っただけで、話題を変えてしまった。

「清良が今までで一番楽しかった夏休みの思い出は？」

「父と弟がまだ生きてた頃、一度だけ、家族で海水浴に行ったことがあるんだ」

父が教えてくれた素潜りの情景は、今でもはっきりと覚えている。揺らめく海面の光も、銀白の腹を光らせながら行き過ぎていく小魚の群も、何もかもが鮮烈だった。父が身振りで促した方向へ視線を移すと、色鮮やかな伊勢海老がいた。

全てが宝石でできているように美しくて、いつまで眺めていても飽きることがなかった。ついに息が続かなくなって海面に浮上すれば、海辺に立てたコバルトブルーのパラソルの下で、朱色のワンピースを着た母と白いシャツ姿の耀流が手を振ってくれる。

もうこの世には実在しない、見果てぬ世界だ。

「親父《おやじ》も耀流も死んじゃったから、俺には母親だけが家族なんだ。その母さんも、今は抜け殻みたいになっちゃってる。でも、仕方ないんだよ。俺のことを見る余裕がないのも、たまに俺がいることを忘れちゃうのも、それだけ心に負った傷が深いってことだから」

静かな瞳で清良を見守っていた詞葉は、他に何も言わず「おいで」と両手を広げた。

ぎこちなく寄せた体を、しっかりと抱きしめられる。誰にも言わなかったことを、詞葉にだけは包み隠さず話すことができた。すっかり肌に馴染んでしまった広い胸に包まれると、心が無防備になって、隠し事ができなくなる。

「私がお前を見ている。それでは駄目か。誰がお前を忘れても、私だけはけっしてお前を忘れはしない」

「……詞葉も俺のことなんかすぐに忘れるよ。新しい生徒が毎年いっぱい入ってくるし」

これでは、ずっと俺を覚えていて欲しいと言っているも同然だ。自分がこんなに甘えた人間だとは思わなかった。それでも、今この瞬間、詞葉の胸は清良だけのものだ。

「忘れないよ」

余計なことは言わず、清良の願いと寸分違わぬ言葉だけをくれる。甘やかす手が望み通り髪を撫でてくれる、ただそれだけのことで、どうしてこうも泣きたくなるんだろう。

「お前は私の最後の夢だ。お前は私を忘れていい。だが、私はお前を永遠に忘れない」

「……永遠なんて言葉、簡単に使っちゃ駄目なんだからな」

甘苦しい胸のざわめきに耐えかねて、そんなことを言ってしまったけれど、詞葉はそれには返事をせず、ただ静かな笑みを湛《たた》えているだけだった。

「今日は『雨の声を聴かせて』にしない？」

その日、清良が提案したのは、図書塔でうたた寝してしまった時に読んでいた本だった。途中までしか読んでいないけれど、まだ鮮度抜群だから、欠片がすぐに見つかるかもしれないと思ったのだが、いつもならすぐ同意してくれる詞葉が、何故か今日は難色を示した。

「この小説自体、作品とは離れたところで評判が独り歩きしてしまった特異な作品である上に、あの本自身にも拗《こじ》れてしまったところがある。お前の欠片探しに協力してくれるかどうか。久しぶりにあの本の様子《こ》も見たいから、呼び出してはみるが……」

呼び出された本の精は、足元まである白い服をまとい、天色《あまいろ》の髪と薄青に透ける月白《げっぱく》の翅を備えていた。見た目は珊瑚同様幼いのだが、現れた時から腕組みをしており、小さな口をへの字に曲げている。

「こいつにはキョウリョクしない」

「人間の言葉をしゃべった！　珊瑚の言ってることは全然わかんないのに！」

開口一番に拒まれたことより、しゃべったことの方に清良が驚いていると、詞葉がそのわけを話してくれた。

「この玉響《たまゆら》の場合はちょっと特殊で、三年の間ずっと燐也が手元に置いていた本なのだ。そのせいで、人間の言葉がしゃべれるようになるのも早かった」

「ぼくはこんなやつ、みとめないからな」

玉響はぷいっと顔を背けると、本の中に戻ってしまった。どうやら嫌われてしまったようだ。本を読み終えないで戻してしまったのが、余程気に入らなかったのだろうか。

選び直したのは、エイデン・ウィテカーの『天命』だ。珊瑚を先導役にして、菫《すみれ》色の扉を抜け、いつものように物語の世界へと出かけて行った。


「珊瑚、よくやってくれた」

詞葉が労《ねぎら》いの言葉をかけると、あくびを連発していた珊瑚は、清良の人差し指に一度だけキュッと抱きついてから本に戻っていった。最近では、本の世界の中でも清良の肩に座ったり、囀るような声でしきりに話しかけてきたりする。相変わらず言葉の意味はわからなかったが、懐いてくれたことが嬉しい。

先程までいた『天命』の世界は、漠然と想像していたよりずっと美しく、痛々しさに満ちた世界だった。短編の連なりでできたパッチワークの丘の光景には、どこか別の場所へと心がスライドしてしまったピントのずれた登場人物達が、点々と配置されている。

中にいる間ずっと、調子外れな歌を聞かされているような、いたたまれなさと不安を感じていた。清良は、通り過ぎる時に瞬《まばた》きもせずに見つめてくる彼らの目が怖かった。見たいものだけを見ようとして、目の前の清良を見ていない、母の穴のような目を思い出してしまったからだ。

ぐったりとしている清良を、詞葉は気遣ってくれた。

「大丈夫か。回収できた欠片はそう大きくはなかったが、ダメージが強かったようだな」

「平気。でも、昔読んだ時には別に怖いと思わなかったのに、中に入ったら結構怖かったな。何でだろう？」

「本を読んだ当時とは視点が変わっているのだろう。これまでに回収した欠片の影響もあるのかもしれない。修復作業の前に、少し休むとしよう」

気分転換のために詞葉の部屋を出て、以前その上で眠り込んでしまったことのあるベルベット張りの長椅子に並んで座る。ここは清良のお気に入りの場所だ。

こうして吹き抜けに向かって塔の内部を見下ろしていると、本の精達が思い思いの場所でくつろいでいるのが一望できる。清良の存在に慣れたからか、最近では珊瑚以外の本の精も勝手に本から抜け出してきて、てんでに遊んでいる姿が見られるようになった。

手すりを滑っている者、柵をよじ登っている者。清良の顔を覗き込んでくる者や、髪の先をそうっと引っ張る者もいる。愛らしい姿をした彼らに害はなく、見ていて和む。

珊瑚と、アメジスト色の翅を持つ『星の王子さま』の精、夕星《ゆうづつ》は、埃《ほこり》が煌めく中で座り込んで、指で床に何かを描いている。二人は仲良しらしく、よく一緒に遊んでいるのを見かける。

（なんか癒されるなー……）

このままのんびりしているとまた眠り込んでしまいそうだなと思っていると、詞葉が顔を寄せてきて、軽い口づけを落とした。「修復作業」の際にはいつもキスをするけれど、こんな風に服を着たまま、ただくつろいでいる時にキスをしたことはなくて、どんな顔をしたらいいのかわからなくなる。

「……なんでキス、したんだよ」

「したかったから」

「駄目だろ、ちっちゃい子が見てるのに」

「あの本達《こ》はお前より年長だし、そもそも我々が何をしようが気にしないさ」

「もし、誰か来たらどうするんだ」

「私が封じた扉は、普通の鍵では開かない。開けられるのは、私自身と私が鍵を渡した相手だけだ」

くすぐるような眼差《まなざ》しにどぎまぎしていると、顎《あご》をすくい上げられた。次第にキスが本格的になるにつれ、全身がとろけそうになり、頭がぼうっとして、まともにものが考えられなくなる。キスにうっとりしているのに、詞葉が話しかけてくる。

「お前の話によく出てくる少年、確か丹色と言ったか。今日は彼とは話したか？」

「な……んで、今、そんな話、……んっ」

「彼ともこういうことをしたいと思うか？」

夢から急に醒《さ》めたような気分になり、本気でむっとして詞葉の胸を押す。

「変なこと言うなよ。そんなわけないだろ。丹色はただのクラスメイトだ」

「そう怒るな。彼の話をする時は嬉しそうにしているから、どうなのかと思っただけだ」

「……ふん。あんたが突拍子もないことを言い出すのにも、いい加減慣れたし」

「燐也はどうしている？」

途端に気分がぐっと暗くなるのを感じた。澤居の名前が出ると、何故かいつも胸が軋む。詞葉がとても優しい目をして澤居のことを「燐也」と呼ぶ時、どうしていつも裏切られたみたいな気分になるんだろう。

「別に。いつも通りだけど」

「そうか。元気ならそれでいい」

澤居とどういう関係なのか、知りたい。でも、聞きたくないことを聞いてしまいそうで、知るのが怖い。必要以上に詞葉の過去に関心を持っていると思われるのも、なんだか癪《しゃく》だ。

「どうした。丹色のことを訊ねたのがそんなに気に入らないのか。機嫌を直せ」

無意識に尖っていた唇を軽く食まれた。

「清良は表情が豊かで、本当に見ていて飽きないな」

「そんな風に言われたことないけど。何考えてるのかわからないとはよく言われる」

「そう言う者は、お前をあまりよく見ていないのだろう」

甘やかすような視線や言葉がくすぐったい。

「いつまでも、こうして清良のことを眺めていられたらいいのにな」

それはどういう意味かと訊ねようとした時、図書塔の出入り口の扉が開く音が響いた。

はっとして立ち上がりそうになった清良を、詞葉が押しとどめる。この場所は窪みになっていて、座っていれば一階からはほぼ見えない。

図書塔の中で、革靴の音が響く。少しだけ身を乗り出して様子を窺った清良の目に入ったのは、たった今まで噂していた人物、清良の担任である澤居だ。

(何で澤居先生が？　詞葉が封じた扉は、詞葉が与えた鍵でしか開かないって言ったのに。それじゃ、先生も鍵を持ってるってこと？)

澤居は一階の書架の間をゆっくりと歩いている。古い棚に触れ、背表紙を指でなぞり、まるで曖昧《あいまい》な記憶を頼りに何かを探してでもいるかのようだ。

もっとよく見ようとさらに身を乗り出すと、体重をかけた床が微かに軋み、澤居がはっとしたように顔を上げた。方向を変え、階段の方に向かって来る。階段を上るつもりなのだ。

澤居に見つかってしまう。激しい鼓動が図書塔中に聞こえそうだ。

と、その時、本が床に落ちる音が響くのと同時に、淡く光る小さな姿が勢いよく飛び出して行くのが見えた。あの天色の髪は、『雨の声を聴かせて』に宿る本の精、玉響だ。

「リンヤ！　リンヤ、おれだよ、わからないの？　ねえ、おれのことみえないの？」

澤居は必死に訴えかける玉響には目もくれず、床で開いている本を凝視している。

「……何でまた、この本が」

気味が悪くなったのか、澤居は後ずさりすると、床に落ちている本を拾い上げることもせず、足早に図書塔から出て行った。

清良はしばらくその場から動くことができなかった。

ようやく動けるようになると、詞葉に手を引かれて一階に下りた。詞葉が床の本を拾い上げる。

「玉響」

玉響の小さな背中で、青みがかった白の翅が震えていた。背中を丸めてすすり泣いているのだ。玉響の様子がとても哀れで、清良は声をかけずにはいられなかった。

「あのさ」

「うるさいっ。おまえなんかきらいだ！　あっちいけ！」

打ちひしがれている本の精はそっとしておくことにして、清良は詞葉に向き直った。

「弄月が前に言ってたけど、前にここに通ってきてた奴って、澤居先生のことなんだろ？」

「ああ。珊瑚が清良を選んだように、十年前、玉響が燐也を選んだのだ」

「先生は高校の頃、何でここに通ってたの。俺みたいに、虚を塞いでもらうため？」

澤居とはどんな話をしていたのか。清良にするみたいに、笑いかけたり慰めたりしたのか。澤居とも、体を重ねたのか？

訊《き》きたいことがいくらでも喉元にこみあげてくる。知りたいけれど、もし詞葉が清良と同じかそれ以上に澤居のことを慈しんでいたのだとしたら――。

（だとしたら、なんだ？　俺は今、何を考えかけた？）

「あの子に虚はなかったよ。燐也とお前とは、まるで違っていた。あの子は家庭にも友人にも恵まれていたし、私が加護を授ける必要などなかった」

そんな風に、詞葉は澤居とのことを語り始めた。

「私は長い間、図書塔を訪れる人間に不穏な兆しを見つけると、加護を授けてやっていた。癒され、欲望が昇華されると、相手は自然と私を記憶から消した。だから、相手が満たされれば、関わりはそこで終《しま》いだ。覚えていなければ、人外の私とかりそめの関係を結んだことは、染みにも傷にもなりようがない。ずっとそれでうまくいっていた」

詞葉がおそらくこれまでにも、たくさんの人間と関係を持ってきたのだろうと予想はしていた。詞葉は色事に慣れ過ぎていたし、実際に言葉の中でそう匂わせてもいたからだ。けれど、いざそう聞かされると胸がざわざわする。

（なんで俺、むかついてんの。医師が自分以外の患者も診ると言うのと同じじゃないか）

「必要以上に人間と深く関わり過ぎない、それが自分に課していた則《のり》だった。十年前に燐也がこの図書塔を訪れた時、私はその則を破ってしまった。燐也に私の姿が見えるとわかった時、嬉しくて、近づいてくることを許し、流れに任せてしまったのだ」

「どうして？」

「寂しかったから。寂しくて寂しくて、どうしようもなかった時に、あの子が現れて私を見つけた。初めのうちは、燐也も退屈凌《しの》ぎだったと思う。早熟だったあの子には、同世代の友人達が物足りなかったのだろう。当時はこの図書塔にも人が溢れていて、人目があるからなかなか私の元に来られないと燐也がぼやくから、私はあの子に鍵を渡してやった」

清良が貰《もら》ったのと同じ、詞葉の特別な鍵を、澤居も与えられていたのだ。

「暇つぶしだと燐也は言った。玉響をからかい、私に軽口をきく様子にも、疑う理由はなかったから、愚かにも私は燐也の言葉を信じた。だが実際には、あの子は深く私に囚われてしまっていたのだ。授業に出なくなり、夜間にも忍んで来るようになって、気づいた時にはもう、あの子の生活は荒廃してしまっていた」

胸がざわざわするのを通り越して、ずきずきと脈を打っている。

清良は授業をさぼったこともなければ、夜に家を抜け出してここに戻ってきてしまったこともない。そんなことをしたら、ただでさえ不安定な母がどうなるかわからないからだ。

けれど、授業中も放課後が待ち遠しかったし、夜寝る前にも、早く次の日になって図書塔を訪れたいと、そればかりを考えている。

（澤居先生は、俺だ）

「それで、先生はどうなったの」

「記憶を消した。あの子がここで過ごした時間、私との記憶の全てを」

ざあっと二の腕に鳥肌が立った。

澤居は玉響のことが見えず、声も聞こえていなかった。詞葉のことも最早覚えていないのだろう。詞葉に、記憶を奪われたからだ。

「こいつはよくて、どうしてリンヤはだめだったんだ！」

突然、高い声が割って入った。玉響が、全身をふり絞って叫んでいる。

「なんでリンヤにぜんぶわすれさせたんだ！　シヨウのばか！　わからずや！」

ありとあらゆる罵《ののし》りを詞葉に向かって浴びせるうちに、玉響の声は次第に小さく、湿ってゆく。

「……リンヤがいい。リンヤとおしゃべりしたい。さびしいよ。リンヤ、リンヤ……」

本の精の哀《かな》しみが、痛みの波動となって空気を震わせている。

母親から知らない人を見るような目を向けられた時の痛みを思い出してしまう。大好きな人に忘れられてしまい、言葉を交わすことも叶わず、視線を交わすことさえできなくなったく大きく開く。

寂しさは、どれ程のものだろう。

「お前の燐也じゃなくて、ごめんな。大好きな人に忘れられるのは、哀しいよな」

玉響が円《つぶ》らな目をしばたかせると、涙の粒がぱたぱたと零れた。小さな顔が歪み、口が円《まる》く大きく開く。

「うわ――――ん!!」

本の精霊は、手放しで泣き始めた。

泣いて泣いて、声を限りに泣き尽くして、やがて力尽きたようにふよふよと落ちていく。掌で受けとめたが、もう玉響は暴れようとはしなかった。

住処《すみか》である本の上に下ろしてやると、

「……どうしてもっていうなら、たまにだったらキョウリョクしてやってもいい」

清良に背中を向けたまま、そう言い残して、本の中に消えた。

玉響が消えると、途端に図書塔がしんと静まり返る。他の本の精達は、騒ぎに怯えているのか、成り行きを窺っているようだ。

「驚いたな。あの玉響を手懐《てなず》けるとは。あの本《こ》もお前の優しさに打たれたのだろう」

普段通りの穏やかな詞葉の声が、背後で聞こえた。

急激に喉が干上がっていき、唇が強張る。詞葉と対決できる気がしない。うまく言葉を紡げそうもない。

「……俺の虚が消えたら、俺の記憶も消すつもりだった？」

返事をせずに黙っている詞葉に業を煮やして、ふり向きざまに「答えろよっ」と叫んでしまう。

「ああ。そのつもりだ。私はもう、私のせいで誰かの人生が損なわれるのを見たくはない」

「酷い。そんなの酷いよ！」

（それなら、何故あんなに優しくしたんだよ。頼らせて、甘やかして、誰にもするつもりのなかった話をしてしまうぐらい心も体も許させたくせに、あんたの方では最初から俺の記憶を消すつもりでいただなんて）

誰が忘れても、自分だけはお前を忘れないと言ったのに。

いつか全部なかったことにされるぐらいなら、最初から冷たくしてくれた方が良かった。ただ体を繋げて、お前となんかそれ以上でもそれ以下でもない関係なのだと、最初から思い知らせてくれていた方が、よっぽどましだった。

だから今、こんなにも苦しい。心が千切れそうだ。

「断りもなく勝手に記憶を消すなんて、勝手過ぎるよ。さっきの澤居先生を見ただろ？　記憶がなくても、何かここに大事なものがあったってわかるんだ。だから、十年経ってもまだ図書塔《ここ》に来るんじゃないか。俺もあんな風になるのか？　俺は嫌だ。絶対嫌だ」

どうにかして詞葉を説得しなければ、ここでの記憶が消されてしまう。ここでのことが、なかったことになってしまう。

（そんなの、耐えられない）

この場所での時間が、清良にはそれ程までに特別なものになっていたのだ。

「ここに来て話そうって思うから、前より周りを見るようになった。家で母さんが上の空でも、前ほど哀しくなくなったんだ。元々俺には本以外何もなかったから、生活の密度はむしろ上がってる。俺は澤居先生じゃない。あんたに溺れて現実をないがしろにはしない。もっと人とも繋がろうするし、ここを生き甲斐にしたりしない」

（あんたのことも、珊瑚達のことも、なくなってしまうこの図書塔のことも、忘れたくない。覚えていたいよ）

「お願いだから、俺の記憶を奪ったりしないで」

詞葉はしばらく無言で考えた後、こう言ってくれた。

「お前の気持ちはよくわかった。お前がここよりも現実を愛するようになり、記憶を持ったままでも障りがないと判断できれば、記憶を消さないと約束しよう」

ようやく言質《げんち》が取れてほっとするが、これからはけっして詞葉にリアルをないがしろにしていると思わせてはいけないのだと、清良は強く心に刻んだ。

夏休みは、瞬《またた》く間に過ぎていった。

図書塔では、これまで通り本の世界を巡る旅を続け、戻ってくれば虚の修復のために詞葉と体を重ねる。

鏡の妖である弄月は相変わらず意地が悪かったけれど、最初あれだけ清良のことを嫌っていた玉響は、今ではすっかり懐いてくれている。珊瑚達の間で今ブームになっているのは、携帯アプリの音ゲームだ。宿題をしたり、本を読んだりしながら、清良の携帯の上を走り回っている彼らの様子を眺めているのが、清良は好きだった。

夏休み中にはそれ以外に、文化祭に向けての教室の飾り付け作業もした。清良にとっては図書塔を訪れるついででしかなかったのだけれど、人が集まらないと嘆く大道具係からは随分重宝がられた。

夏休みが終わると、新学期早々に文化祭、続いてグループ単位で都内を巡るシティハイク、それが終われば中間テストと、学校行事が目白押しだ。清良にとってはここ数年で一番充実していた夏は、あっという間に多忙な秋によって押し流されようとしていた。

リアルを疎《おろそ》かにしていると、いつか詞葉に記憶を消されてしまうと知って以来、清良は日記をつけ始めた。万が一、図書塔にまつわる全てを忘れてしまったとしても、手がかりをできる限りたくさん残しておけば、記憶を呼び覚ますことができるのではと考えたからだ。

(嘆いていても始まらない。俺は、今俺にできることをやるだけだ)

日記はクラウドに保存し、ＳＤカードにもコピーする。何重にもコピーを残していないと、安心できなかった。

写真も少しずつ撮り溜めている。

一番残したい詞葉や珊瑚達の姿は、残念ながら写真には写らないようだ。人間の自分と体を繋げている状態だったら写らないかなと、思い付きで行為の最中に試してみたこともあった。けれど、寝乱れた自分の妙に扇情《せんじょう》的な写真が撮れただけだった。

だから、図書塔での写真はあまりない。その代わりに日常の一コマを、できるだけ多く残して、詞葉に見せようと心に決めた。

文化祭の片付けをしている時、今なら言えると思い、丹色に声をかけてみる。

「一緒に写真を撮ってくれないか？　クラスの様子とか、見せたい奴がいて」

「おー、撮ろ撮ろ！」

丹色は喜んでツーショットを撮ってくれただけではなく、瞬く間に周りにいたクラスメイト達も呼び寄せてしまった。集まってきた連中もノリノリで妙なポーズを決める。

「俺にも送って！」

「俺もー」

画像を誰かに転送したことなどなくて戸惑っていると、

「清良ちゃん、ＬＩＮＥしてねーの？　入れてあげよっか？」

丹色が清良の携帯を取り、アプリをインストールしてくれた。

「みんなにも今の送っとくね。……えっ」

何を驚いているのかと、丹色の手元を覗き込むと、例の行為中の自撮り写真の肌色が目に飛び込んできた。詞葉は映っていないし、清良も映っているのは上半身だけなのだが、乱れたシーツや上気したあられもない表情が、どういう状況で撮られた写真なのかを教えてしまっている気がする。

あまりの恥ずかしさにかあっと頬が燃えた。こんな失敗写真でも、詞葉と一緒に撮ったものだと思うと消せずにいたが、どうしてすぐに削除しておかなかったのかと後悔する。

「あ、これは……、何でもないから」

丹色は耳まで真っ赤になりながら、無言で携帯を返してくれた。やはりエロいシチュエーションでの写真だと気づかれてしまったようだ。

(これは途轍もなく気まずいな……)

そう思っていると、大道具係だった松本《まつもと》が話しかけてきた。

「青海、ありがとな。お前のお陰で文化祭に間に合ったよ。夏休み中はさぼる奴が多かったし、俺も全部は来られなかったのに、青海は期間中、全部来てくれたんだよな」

しみじみした口調で感謝されると、罪悪感を覚える。別に責任感でしていたわけではなく、図書塔に通うついでに参加していただけだし、それも詞葉に対してリア充感を演出したいと

いう計算あってのことだったからだ。

「別に。暇だったから」

北神が、送られてきた集合写真を見ながら言った。

「こうして交ざってると、青海の白さが際だつな。大樹が可愛い可愛い言うのがちょっとわかったわ」

「大樹だけじゃなく翔馬まで？　魔性だねえ、青海くん」

アーモンド形の目を細めて日紫喜漣《ひしきれん》がくくっと喉を鳴らすと、門倉周《かどくらちかし》が眉根を寄せる。

「人を雑に弄るのはよせ。漣の悪い癖だ」

揃《そろ》いも揃って長身でビジュアルにも恵まれたこの四人がつるんでいると、半端ない存在感がある。

サッカー部では一年ながらスタメン入りし、いつも人に囲まれている丹色。

色気のあるルックスを持ち、近隣の女子校で一番人気だという北神。

柔道では全国二位の戦績を誇り、質実剛健のイメージが強い門倉。

小悪魔キャラだが、実は入学式で新入生代表を務めた頭脳派、日紫喜。

クラスの中心的存在である彼らのことを、みんな陰では四天王と呼んでいる。クラスで幅を利かせている彼らに対する揶揄《やゆ》と羨望《せんぼう》が入り交じってのことだろう。

「いくら可愛くても、ちんこついてる奴は無理です。でも青海、ちょっと雰囲気変わったよな。話しかけやすくなった。彼女でもできた？」

北神が話しかけてくれたけれど、詞葉以外の誰かと話すのにはまだ慣れなくて、清良は口ごもりながら頭を振った。

「今度シティハイクのグループ分けがあるだろ。青海、誰と回るかもう決めた？」

「え。ううん、まだだけど」

と言うより、一緒に回ろうと約束するような友達はいないから、中学の頃と同様に、頭数が足りないグループの人数合わせ要員として入れてもらうつもりでいた。

「俺らと一緒に回らない？　なあ、お前らもいいよな？」

「いいよ。青海くんに興味あるし。ね、俺も清良ちゃんって呼んでいい？」

日紫喜の仕草はどこか猫めいていて、同性でありながらどきっとさせられる。

「ちゃん付けはやめてくれ……」

「俺は構わない」

門倉の返事は簡潔だ。

「大樹は？」

「う？　あっ、勿論いーよ。超いーよ！」

いまだに耳を赤くしたままの丹色を、日紫喜が笑いながらからかう。

「大樹、歓迎し過ぎ」

（何の取り柄もない俺が四天王と同じグループとか、金魚のフンみが過ぎるだろう……）

詞葉に出会う前の清良だったら、なんとか口実を作って辞退したはずだ。目立つ四人と一緒にいたら周りからどう見られるか気になるし、必要以上に他人と関わると読書の時間が減ってしまうからだ。

だが、清良は申し出を受けることにした。彼らのことを詞葉に話したら、充実した高校生活を送っているとアピールできるかもしれない。


ベッドでの「修復作業」を終えて一息ついた後、裸のままうつぶせになって、充実してきた画像フォルダの中身を詞葉に見せる。クラスメイトに囲まれている写真を、詞葉はことのほか喜んでくれた。

「とても楽しそうだ。清良には友達が多いな」

詞葉が楽しそうに眺めている様子を見ているのが、清良には何よりの楽しみだ。

リアルを疎かにしていないことを詞葉に伝えたくて清良なりに動いたことが、クラスでの居心地の改善にも繋がっている。思いがけない副産物だが、コミュ力に乏しい自分のような者が受け入れてもらえるのは、やはり嬉しい。

「丹色とはどの少年だ？」

さっきの一件を思い出して、一瞬言葉に詰まってしまう。清良の乱れた姿なんて気持ち悪いだけだし、丹色がさっさと忘れてくれればいいのだが。

「どうした？」

「ん、何でもない。これが丹色だよ」

清良にくっつきそうな位置で白い歯を見せている日焼けした顔を指さして教えると、詞葉は表情を引き締めて、じっと画像を見つめた。

「少し意外だ。もっと単純で屈託のない子を想像していたから」

「え？　その通りだろ？」

一緒に小さな画面を覗き込む。ちょっぴり照れたような少年らしい笑顔は、いかにも悩みのなさそうないつもの丹色だ。

「これを見て何も気づかないのか？　彼は清良のことを好いている。性的な意味でだ」

「また！　だから、丹色とは」

そういうんじゃない、と続けようとした言葉を飲み込んだのは、詞葉の顔があまりにも真剣だったからだ。

「気持ちに応えるつもりがあるならいいが、そうでないなら気をつけた方がいい」

「心配いらないって。俺、全然もてないから」

「……燐也も生徒に囲まれて幸福そうだな」

清良の撮った写真の中には、澤居が写ったものも交じっている。澤居の顔を見つめている横顔があまりに優しいことに、ちくんと胸を刺される。

「澤居って割と適当だし、テストもエグいのに、何故か人気があるんだよな」

「お前は燐也のことが苦手なようなのにな」

詞葉が笑いながらそんなことを言う。

「別に、苦手とかないよ。得意でもないけど。普通」

「燐也と清良は相性がいいと思う」

「は？　意味わかんないし」

以前は、担任教師のことを必要以上に警戒していた。なんとなく、心に踏み込まれそうな気がしたからだ。けれど、澤居は空気を読むことに長《た》けているようで、相手が本気で嫌がることに触れたりはしない。その辺の呼吸が実に細やかなのだ。

それに気づいてから、以前ほど澤居に対して苦手意識は抱いていない。いい加減そうなのは態度だけで、英語教師として熱心なのも知っている。

詞葉に記憶を消されたのを知ったことも大きい。とても他人ごとには思えない。

だから、今の清良が面白くない顔に見えるのだとしたら、それは詞葉が変なことを言い出したせいなのだ。

（相性がいいってなんだよ。澤居をお勧めしてんのかよ）

「詞葉じゃあるまいし、俺の周りの奴全員そういう方面に結び付けるのやめてくれる？　来るもの拒まず誰とでもって、図書塔の精霊って言うより淫魔かなんかみたいだよな」

自分がどうしてこんなに腹を立てているのかわからないが、棘《とげ》だらけの言葉が止まらない。

「それに、俺ばっかり脱がせてそっちは絶対脱がないのもどうかと思う。本当はスーツの中は空っぽか、尻尾《しっぽ》でも生えてんじゃないの？」

行為の前に詞葉は上着だけは脱ぐのだが、ベストもシャツも着けたままだ。

「修復作業」の最中は、激しく感じてしまうのと自分の欠片の記憶を受け止めるのとで精一杯なのとで、清良は何も考えられなくなってしまう。気がつくと、詞葉は着衣を乱すこともなく清良を腕枕しているから、こういう関係になってもう三か月近くも経つのに、まだ詞葉の上裸さえ見たことがない。

自分ばかりがいろいろさらけ出していて、詞葉の方はほとんど手の内を見せないなんて不公平だ。いつも掌の上で転がされているようで、たまに物凄く腹が立つ。

そんな苛立ちが積もっていたからそう言ったのに、詞葉が悪い感じに笑った。嫌な予感がする。

「そうか。清良は私の裸が見たかったのか。それならそうと早く言ってくれればいいものを」

「いや、別に見たいとかじゃ……」

詞葉はベッドの傍らに立ち、見せつけるようにゆっくりと脱いでいった。上着、ベストの順に脱いでは椅子の背に掛けていく。詞葉がタイを首元から抜いてシャツ姿になっただけで、変な動悸がして顔が火照ってくる。

「このスーツの中身が空洞かどうか知りたいんだったな」

カフスを外し、シャツのボタンを一つずつ外していき、ついに上半身が全て露わになる。服の上から想像していたより、ずっと男性的で充溢《じゅういつ》した体だった。男子校にいて、男の上裸なんか見飽きているはずが、相手が詞葉だと耳鳴りがする程どきどきしてしまうのは何故なのかわからない。

胸から腹にかけての引き締まった造形をどうにも正視できなくなって、清良は赤くなった顔を背《そむ》けた。

「わかった。もう、わかったから」

「言い出したのは清良だろう」

詞葉は一糸まとわぬ姿になって、清良の傍に立った。

スリーピーススーツをまとった姿しか想像できないほど、着衣姿がはまっていたのに、この男は全裸になった方がより完璧なのだと知った。髪と同じ色の下生え、清良のものとは比べ物にならない堂々とした詞葉自身。艶やかに張った胸や肩、抉《えぐ》れ込むような腰から臀部《でんぶ》、腿《もも》に繋がる男性美に溢れた稜線《りょうせん》。

隅々まで丁寧に創り込まれた肉体は芸術作品のようで、淫靡さをまるで感じさせない。

詞葉はからかうように回って見せた。

「残念ながら尻尾はない。気に入ってもらえたか?」

(凄く綺麗だ)

照れていたことも忘れて思わず見惚《みと》れていると、詞葉がベッドの上に乗り上げてきて、指先を後孔に忍ばせてきた。

「えっ、ちょっと」

「したばかりだから、まだ柔らかいな」

ようやく熱感が収まってきたばかりのそこは、少しの刺激だけで簡単に再燃してしまう。

「おい、悪戯すんなよ。今日の修復は終わっただろ?」

「お前の顔を見ていたら、もう一度、したくなった」

清良の理想を具現化した顔で見つめながら、そんな声で言うのはずるい。

「修復抜きで私に抱かれるのは嫌か?」

「……そんなにしたいなら、すれば」

本音を言えば、弄られて熱を持ってしまった場所が疼《うず》いてならない。なのに、火照った頬を背けてこんな風に言うことしかできない自分は、本当に可愛げがないと清良は思う。

「実に愛らしいな。お前を抱くのは、とても愉《たの》しい」

片膝を大きく持ち上げられたことにぎょっとしていると、双子の果実を口に含まれ、飴《あめ》でもしゃぶるようにたっぷりと転がされる。双球の付け根から奥に至るまでの道を丹念に舐《ねぶ》っていた舌が、もっとも奥まった場所へと侵入してきた。信じられない場所を舐められていることに狼狽《ろうばい》して、暴れてしまう。

「やだっ、やだあっ！　だめえ、そんなとこっ」

「こんなに感じているのに、何故そんなに嫌がる？　お前を可愛がりたいだけだ」

狭い場所を舌でこじ開けられながら、前で屹立してしまったものの熟《う》れた先端を親指の腹で潰される。鈴口に指を付けたり離したりされるたびに、ぬちぬちと淫《みだ》らな水音が立つから、そこが酷く濡《ぬ》れているのがわかる。

悶《もだ》えながら半泣きになっていると、意地悪な責めがようやく途切れ、片脚を高く担ぎ上げられた脚の間に、熱い芯棒が押し当てられるのを感じた。詞葉の視線が接合部に当てられているのを知り、度を超えた羞恥に背筋を貫かれて、ほとんど失神しそうになる。

「や、やあぁっ、見ちゃ……、ひ……！」

何度しても、押し入られる瞬間には全身の産毛が逆立つ。神々しいばかりの肉体に組み敷かれ、視覚と触覚に追い打ちをかけられて、詞葉を迎え入れただけで極まりかける。

裸で抱き合うのは、これまでのセックスとは全然違っていた。張り詰めた肌と肌とが触れ合っているのが、たまらなく気持ちいい。

「気持ちがいいか？」

ずん、と突かれて溢れかけた啼《な》き声を、両手で必死に塞ぐ。今日二度目の交合だからか、詞葉は最初から深いストロークで腰を使ってきた。

「んっ、んふっ、んんっ」

くぐもった喘ぎと同じリズムで、肌同士がぶつかる音が重なる。

「これ程清良の反応が良くなるなら、最初からこの姿で抱けばよかったな」

快感に霞《かす》んだ目で男を見上げると、染み入るような碧の瞳に出会って、どきっとした。

（どうしてそんな目で俺を見るの？）

まるで、愛しくてならない者の旅立ちを、見送ってでもいるような。

その瞬間、近寄り過ぎてよく見えなかった絵を数歩下がって見た時みたいに、この局面の全体像が見えてしまった。詞葉は今、二人の終わりを見ている。清良の記憶を消そうが消すまいが、詞葉はこの関係を必ず終わらせる気なのだ。

黒い紗《しゃ》のような絶望が静かに下りてくる。こうして抱き合える日にも、早晩終わりがくる。そう確信してしまうと、さっきまでと同じ行為が急に特別な意味を帯びてくる。

狂おしい程気持ちがいいのに、苦しい。

詞葉にとって自分は入れ代わり立ち代わり現れる「加護を与えるべき人間」の一人に過ぎないのだと知ったから。二人の気持ちの温度差を知ってしまったからだ。

それでも、苦しさを丸飲みにしてでも、こうして抱かれていたいと思ってしまう。その理由に、清良はようやく思い至った。

（俺、詞葉のことが――）

清良の孤独に耳を傾け、脆《もろ》い心ごと抱き締めて寄り添ってくれたひと。そんな相手を、好きにならずにいられるわけがなかったのだ。

でも、この恋は口にはできない。詞葉の望みは、清良が図書塔での日々よりも現実を愛するようになることだ。詞葉に恋していると知られたら、きっと澤居のように記憶を消されてしまうだろう。

初めて知った恋が、自覚したと同時に失恋確定だなんて、我ながら間抜けだ。

詞葉と会うまで色事のいの字も知らなかった自分は、経験豊富な詞葉には物足りないに違いない。だから、せめてみっともない反応を少しでも抑えようと、いつも懸命だった。

どうしてそんな我慢をしたのか、今になってようやくわかる。これまで抱いてきた誰かと較《くら》べられた時に、物慣れない無様な痴態《ちたい》を晒《さら》すことで、詞葉の興を削《そ》いでしまうのが怖かったからだ。

（そんなの、まるで意味なかったんだ。詞葉の方では、ただ施す気持ちで抱いていただけ。俺のことをすげ替えのきく沢山の人間のうちの一人だとしか思っていなかったんだから）

今、どんなに慈愛に満ちた目で見つめてくれ、優しい言葉と濃厚な愛撫で溶かしてくれていたとしても、清良の虚が消えたら清良との全てを過去にして、次の誰かを腕に抱く。

そう思ってしまったら、これまで清良を押しとどめてきた羞恥や躊躇《ためら》いが歯止めの役割を果たさなくなり、荒々しいまでの欲望が止められなくなる。五感が研ぎ澄まされて鋭敏になり、感じすぎてもうおかしくなりそうだ。

哀しい興奮が高まるままに、ひとりでに腰がうねる。清良の反応に煽《あお》られたのか、いつも与えるセックスに徹してきた詞葉の息が、今日は荒い。清良のどんな反応も見逃すまいとする碧の瞳が怖いようで、がっしりと清良の腰骨をつかんで、いつもより獰猛《どうもう》に腰を叩きつけてくる。感じてならない場所をこれでもかと突かれ、清良は悶えた。

「今日の清良は凄いな。私を食い締めて、絡みついてくる」

できるものなら、詞葉をこの身の内に取り込んで、自分だけのものにしてしまいたい。そんな妄執じみた自分の想いが怖くなる。

どこにも境目のない一つの塊になって、永遠に睦み合っていられればいいのに。

「そんな顔をするな。お前には笑っていてほしいのだ」

(無茶言うなよ。俺を泣かせる奴なんて、あんたの他にはいないのに)

清良は、今はまだ自分のものである精霊の背中に爪《つめ》を立て、束の間だけ二人の境目を忘れていられる時間に、自ら沈んでいった。

第三章

それは、次の授業のための教室移動中に起こった。

清良のクラスは、全員芸術科目に美術を選択している。皆と同じように、画材と教科書を入れたバッグを持って美術室へと向かっていた時、誰かの叫び声が廊下に響き渡った。

騒ぎの元へ急いで向かった清良が見たのは、階段の下で円陣を組むように集まっているクラスメイト達と、その中央に倒れている門倉の姿だった。門倉は目を閉じており、周囲が呼びかける声にも反応がない。

「門倉が階段から落ちた！」

「誰か、先生呼んでこい！」

教師がすぐに駆け付け、門倉は気を失ったまま、救急車で搬送されていった。

階段下に、門倉の美術バッグと一冊の文庫本が取り残されている。本のタイトルは、播磨《はりま》透児《とうじ》の『夢の通ひ路』だ。門倉の私物だろうか。

教室の席まで持ち帰ってやろうと思い、清良は門倉のバッグと本を拾った。

生徒達は興奮していて収拾がつかず、その後の美術の授業は課題の説明だけで終わってしまうありさまだった。

とはいえ、この時点では、門倉のことを深刻に心配している者はほとんどいなかったと言っていい。門倉が落ちた階段は、高校生にとっては重篤な怪我《けが》をするほどの高低差ではなかったし、たぶん明日にも登校してきて、今日のことは笑えるトピックになるだろう。

この時はまだ、誰もがこの出来事をそんな風に楽観していたのだ。


だが、それから一週間が経過しても、門倉が教室に現れることはなかった。

昨日病院へ見舞いに行った日紫喜が、昼休みに丹色と北神と清良を集めた。病院で聞いてきたことを報告するためだ。

「周の妹に話を聞いたんだけど、目立った外傷もないし、脳波も異常ないのに、目を覚まさないんだって」

そこで日紫喜が声をひそめる。

「俺、考えたんだけど。二組の矢敷《やしき》が周を突き落としたんじゃないかな」

「まさかあ」と丹色が目を丸くする。清良も、日紫喜は急に何を言い出したのかと思う。

矢敷は、若干神経質そうな印象の、どちらかと言えば目立たない生徒だ。確か天体科学部に所属している。門倉と接点がありそうもないし、そんなことをしでかしそうなタイプにも見えない。

「こらこら。滅多なこと言っちゃ駄目でしょ」

そう言って北神がたしなめたが、日紫喜は引き下がらなかった。

「俺と周って同中だろ。矢敷もそうなんだけど、中学の時、噂になったことがあるんだ。矢敷が周に告って振られたって」

(いいのか。そのアウティング)

と思いつつ、清良は黙って話の行方を見守った。

「で、あいつが階段から落ちた時、階段の上に矢敷がいたのを見たんだよ」

「そんだけの根拠で?」

と言いかけた北神の言葉の途中で、「あ!」と丹色が何かを思いついた顔になる。

「俺ちょっと前に、ちかちゃんと矢敷が言い争ってるとこを見たかもしんない。部活の後、水飲み場から教室の中が見えて……」

しゃべっているうちに、自分の目撃した内容が重大な可能性を示唆していることに気づいたのか、丹色の声が次第に小さくなっていく。

「今から矢敷を詰めてくる」

日紫喜の眦《まなじり》が吊り上がっている。およそ熱くなることなどなさそうな男だと思っていたが、こんなに友情に厚かったとは意外だ。立ち上がりかけた日紫喜を、丹色と北神が二人がかりで押さえにかかる。

「漣ちゃん、ちょっと落ち着こ」

「漣に詰められたら俺だって怖えわ。濡れ衣だったらどうすんのよ」

「だったらお前らは、犯人が野放しになってもいいって言うのかよ」

雰囲気が険悪になる。このままでは喧嘩になるかもしれないと思った清良は、初めて口を開いた。

「俺が矢敷と話してみようか？」

三人の目が一斉に自分に向いたので、急に焦ってしどろもどろになる。

「えっ……と、日紫喜より俺が揉《も》めてた理由を聞きに行った方が、ことが荒立たないと思うんだ。あ、日紫喜の交渉力を疑ってるとかじゃなく、俺と矢敷なら地味同士で警戒されにくそうだし、お前ら四天王が動くと人目を惹くから、あっ」

「四天王？　俺らそんな通り名があんの？」

呆《あき》れたように北神から問い返される。

「あ、えっと、……ごめん」

「うわーかっこわり」と言う北神の声に、「かっこいー！」と言う丹色の声が被さる。

「え？　だって通り名があるなんて凄くね？」

日紫喜が猫のような目でじっと清良の顔を見据える。

「清良って面白いね」

「面白いしかわいーし、いい子だよな！」

丹色までそんな追い打ちをかけるから、どんな顔をしていいかわからなくなる。

「んじゃさ、青海から探りを入れてみてもらえる？　ずばっとデリケートなとこに切り込まないように、何があったかだけ、それとなーく、ね。それで漣もいいだろ」

北神がそう言い、日紫喜も異論はないようだったので、清良が矢敷に話を聞きに行くことでその場が収まった。とりあえず、日紫喜が矢敷を問い詰めに行くことがなくなったことにほっとする。無実の罪なら矢敷が気の毒過ぎるし、そうじゃなければ、憤った日紫喜が相手に何をするかわからないと思っていたからだ。

自分から言い出したことではあるが、話の持っていき方によっては相手を酷く傷つけかねない。責任重大だ、と清良は気持ちを引き締めた。

「俺らがちかちゃんのためにできることって、なんかねーのかな」

丹色がぽつんと呟《つぶや》く。

「復帰しても困らないように、ノートを作っといてやるとか？」

北神の提案に、「もう作ってる」と日紫喜が答える。

「お前らは、周が目覚めるようにお百度参りでもしとけ」

「え、学年トップのノートとかプライスレスでしょ。俺にも回して」

色めき立った北神を無視して日紫喜が立ち上がった。昼休みが終わったのだ。

自分の席に着こうとした清良に、丹色が小さな声で訊ねてきた。

「だいじょぶ？　無理して引き受けなくてもよかったのに」

「俺が言い出したことだから」

四天王のグループに交ぜてもらってはいるが、彼らと同格になったとか、親友になったというような大それたことは思っていない。どちらかというと、間借りしている感覚に近い。

それでも、傍で見る等身大の彼らは、その欠点も含めて魅力的でいい奴らだ。昏睡状態にある門倉は、口数が少なくて体が大きいから一見怖そうに見えるけれど、話してみると、穏やかで誰にでも優しい男だということがわかる。

矢敷の件は、正直日紫喜の思い込みだろうと思っているが、誤解があるなら変に事が荒立つ前に解いておいた方がいい。門倉や、彼のことを心から案じている他の三人のために、できることがあるならしたい。

夏前までの清良なら、こんな考え方はしなかったし、自分から前に出る勇気もなかった。

詞葉と出会ったことで、自分が少しだけ変わったのを感じる。

「清良ちゃん。困ったことになりそうだったらいつでも呼んで」

育ちすぎた仔犬みたいな顔に、心配そうな表情を浮かべている。

（こいつ、本当にいい奴だなあ）

丹色に気に掛けてもらえたことがありがたくて、胸の奥がそわそわした。

ホームルームが終わるのを待ちかねて二組に行き、戸口近くの生徒に頼んで矢敷を呼び出してもらった。

「何の用？」

一度も話したことのない他クラスの生徒に呼び出された矢敷は、胡乱《うろん》な顔をしている。うまい言葉も思いつかないから、単刀直入に用件を伝えた。

「訊きたいことがあるんだ。門倉の件で」

途端に、矢敷の顔がさっと色を失い、挙動がぎこちなくなる。彼が門倉を突き落としたとまでは思わないが、二人の間に何かあるのは間違いなさそうだ。

滅多に人の通らない南棟外れの非常階段まで来ると、矢敷はピリピリした様子で清良を振り返った。

「で、何？　この後部活があるから早く済ませたいんだけど」

「矢敷は、門倉が階段から転落して今も意識が戻らないことは知ってる？」

「ああ。そうらしいね」

「ちょっと前に矢敷と門倉が言い争ってるのを見たって言う奴がいるんだ。事実関係をはっきりさせるためにも、何があったのか聞かせてほしい」

「……最悪」

と言って矢敷は顔を歪めた。

「どうせ、日紫喜辺りに何か吹き込まれたんだろ。お前最近、日紫喜達と一緒にいるもんな。わざわざ来たってことは、俺があいつを恨んで突き落としたとか、そういう噂になってるわけ?」

「そんな噂はないし、俺もそうは思ってない。突き落としたのを見たって目撃情報もないし、門倉と矢敷では体格差がありすぎる。柔道が得意な門倉が、あの程度の段差で受け身も取れないとはちょっと考えにくいしな。昏倒したのには何か別の理由があるんだろう」

矢敷は深く息を吐き、酷く疲れたように階段に座り込んだ。体を折り畳んで、膝の上で組んだ手に顔を埋める。

「……俺と門倉のこと、どこまで聞いてんの」

「えっと、中学時代に告白したって。……ごめん。聞いたのは、俺と丹色と北神だけだ」

「高校では知られたくなかった。門倉は推薦で私立に行くものだとばかり思ってた。まさか同じ高校になるなんて」

「広まったりしないよ。必要がないなら、他の三人も人に言ったりしないと思う」

「どうだか。現に青海には話したじゃないか」

もっともなので、安心させるようなことを何も言えない。

「確かに、告白はしたよ。けど、それをばらされたとか、誰かに見られたってわけじゃない。俺の態度でだだ漏れだったらしくて、後はお決まりの展開だよ。はっきり言って、中学は地獄だった」

矢敷の歪んだ表情は怒りより恐怖によるもので、その表情がそのまま、中学でどんな思いをしてきたかを物語っていた。

「苛めから助けてくれなかったことを恨んだ時期もあったけど、俺が一方的に好きだっただけだし、恨むのは筋違いだとわかってた。俺らが一緒にいるのを見たって話、あれは門倉がわざわざ謝りに来たんだ。謝ることなんて何もないのにさ。俺は、もう放っておいてほしいって言った。昔のことは思い出したくないし、蒸し返してほしくないって」

「わかった。話してくれてありがとう。触れられたくないことを聞いて、ごめんな」

一つだけはっきりさせておかなければいけないことを、直球で聞いてみた。

「矢敷は、門倉が階段から落ちたことには関係してないんだよな？」

「してない。すれ違いざまに門倉が落ちて行った時、もの凄く驚いたし、真っ青な顔して動かないのを見て、怖かった。信じてもらえないだろうけど」

関節が白くなるほど固く組んだ両手は震えていたが、必死に無実を訴える矢敷の眼は澄んでいて、嘘をついている人のそれではないと直感する。

「信じるよ」

少し安心したのか、矢敷は現在のことを話してくれた。信頼できる恋人もでき、今は心穏やかに日々を送っていると言う。現在の矢敷が不幸でなくてよかった、と清良は思った。

「中学の頃、俺は門倉のことが本当に好きだった。恋愛感情が消えた今でも、早く回復してほしいと心から願ってる。ゲイだってことはクローズにしてるけど、恥じてそうしてるわけじゃない。少なくとも俺は、卑怯者《ひきょうもの》ではないよ」

最後に矢敷が言った言葉が、清良の中に強い印象を残した。

「倒れた門倉の傍に、俺が昔あげた本が落ちてたんだ。あいつにとって俺とのことは黒歴史だろうけど、本は捨ててなかったんだと思った。それだけは嬉しかったな」


矢敷が犯人でないなら、どうして門倉は階段から落ちたんだろう。何故、門倉の意識は戻らないのだろう。結局、一番知りたいことはわからずじまいだ。

いったん教室に戻って、自分の鞄に教科書類を詰めながら、三つ前の門倉の机を見つめる。机の中に一週間前に清良が入れた文庫本が見える。それを見て、はっと閃《ひらめ》いたことがあった。

直前まで門倉が読んでいた本なら、詞葉が見れば何かわかったりしないだろうか。

そう思いついたら、一秒でも早く試してみたくなって、清良は門倉の机から『夢の通ひ路』を取ると、教室を飛び出した。

清良が持ち込んだ白い表紙を一目見るなり、詞葉はとても難しい顔になる。

「何かが中にいるのはわかる。だが、それが何かは、中に入ってみなければわからない。ここからは想像だが、おそらくお前が話した門倉という少年の精神は、この本の中に閉じ込められている。そうでなければ、この尋常でない気配が説明できない」

「俺の欠片を回収した時みたいに、この本の中に入って連れ戻せないかな？　もう一週間も意識が戻らないんだ」

「確かに、中に閉じ込められている期間が長くなればなる程、帰還できる可能性は減る。だが、変容した世界に入るのは非常に危険だ。私が探ってくるから、清良はここに残れ」

「詞葉だったら、門倉を連れて帰って来られる？」

「件の少年とは初対面になるから、まず信頼を得る段階で苦戦しそうだ。心を委《ゆだ》ねてもらえないと、現実世界に引き戻せないからな。それでも、やってみる他ないだろう」

詞葉の引き締まった表情から、門倉を取り戻せる可能性が高くないのだとわかる。

門倉が戻ってくるのを待っている、日紫喜や北神、丹色の顔を思い浮かべる。矢敷だって、門倉の回復を祈ってくれていた。

少しでも門倉を奪還できる可能性を増すには、どうしたらいいのだろう。やはり、門倉と面識があって、矢敷や日紫喜達の思いを伝えられる自分が同行するべきではないだろうか。

「俺も行く」

「清良。この本の中は、これまでお前の欠片を拾いに行った世界とは違う。何が起こるかわからないぞ」

「駄目って言われても行く」

しばらく睨み合った後で、詞葉が溜息《ためいき》を吐《つ》いた。

「言っても聞きそうにないな。そんなにその少年は、清良にとって大事な友達なのか」

「うん。大事だ。まだつきあいは浅いけど、いい奴だし、門倉を慕ってる奴もいっぱいいるんだ。門倉が本の中に閉じ込められたままになるなんて、絶対に駄目だ」

「その少年も救ってやりたいが、私にはお前が一番大事だ。これ以上は危険だと判断したら、少年のことは諦めてお前を連れて帰る。それでいいな?」

ようやく詞葉が折れてくれた。

たぶん、これまで以上に厳しい旅になるだろう。それでも、必ず門倉は連れ戻す。

「ありがとう、詞葉」

物語の世界は、詞葉が警告した通り、中程から不気味に変容していた。

いつものように珊瑚を先導にして、防御システムとしてのトラップを回避しながら進む。祭りの会場をそぞろ歩く浴衣《ゆかた》姿の人々を間近に見送り、主人公の少年「私」が片恋の相手である同級生の少年、相良《さがら》の出征を見送る場面までは、空気が澄み渡っていた。だが、そこからは霧が這うように横たわり、先に進む程、視界が利かなくなっていく。

「清良。お前に共鳴する何かを、この先に感じる。もっとも、お前の友人の救出が最大の目的である以上、欠片があっても回収できるかどうかわからないが」

詞葉の端麗な横顔には、懸念の色が浮かんでいる。

今いる『夢の通ひ路』のストーリーは、前半と後半で大きく色合いを変える。

相良への切ない恋心によって彩られていた少年時代編は、同性愛者であるという自覚に慄《おのの》きながらも、「私」の青春が極めて瑞々《みずみず》しい筆致で描かれている。ところが、青年時代編に入るとそのトーンが一転する。夫婦の営みができないことから家庭不和になり、時代の潮流に取り残された家業にも翳りが見え始めて、物語の色調はどんどん暗く重くなっていく。

ラストシーンで、主人公はたった一人愛した相良との思い出がある祭りの会場をあてもなく彷徨う。そこで偶然旧友と再会した時、「私」は運命を感じて震えるが、相良が「私」とは違って幸福な家庭を築いていることを知る。愛妻と仲睦まじく去っていく親友の浴衣から覗く足首をじっと見つめる「私」の今後の人生の虚《むな》しさを予感させる、哀しい場面だ。

物語の基調が重苦しいトーンに切り替わる中盤まで進んだところで、すっぽりと濃霧に覆われ、ついに全く先が見通せなくなってしまった。

「カオスだ。お前の友人が取り込まれてしまったことによって、カオスが異常に活性化して、物語固有の世界を侵食しているのだろう」

「それじゃ、門倉はこの中にいるってこと？」

「そうだ。だが、この中は危険すぎる。引き返すべきだ」

その時、詞葉と清良の横を、さっと何かの影がよぎった。

小学生ぐらいの男の子が、サッカーボールを蹴りながら遠ざかっていく。

心臓が一回大きく弾んだ後、ぎゅっと締め付けられた。あれは、——あの後ろ姿は。

男の子の蹴ったボールが、霧の中へころころ転がっていく。男の子はためらうことなく霧に向かって走っていこうとしていた。

「待って」

思わず声をかけると、子供が清良の方を振り返った。日に焼けた顔は、清良によく似ている。あっと思った時には、小さな体は濃霧の中に吸い込まれ、見えなくなっていた。

「耀流！」

「待て、清良！」

詞葉が止める声も耳に入らず、清良は白壁のような霧の中に飛び込んでいた。

途端に、異様な圧で息が止まりそうになる。だが、清良は耀流らしき姿を見失うまいと、必死で脚を動かした。

一歩進むごとに脚が重くなっていく。不審に思って足元を見ると、白い霧の中にイソギンチャクめいたものがひしめいていて揺れていて、清良の足に絡みついている。足を上げて引きちぎろうとしたそれが、無数の白い指であることに気づく。

「ひぃぃぃっ」

あまりのおぞましさに転びそうになった体を、追ってきた詞葉が支えてくれた。

「落ち着け。パニックを起こせば奴らの思う壺《つぼ》だ。足元は見ずに意識を前方に向けろ」

「奴らって?」

「ここはもう、固有の物語の枠組みから外れた混沌《こんとん》の世界だ。書物を通り過ぎて行った歪んだ心の残滓《ざんし》、報われぬまま同じ軌道上を回り続ける登場人物達、人々に読まれることなく生涯を閉じた本達。そういったものが、脈絡もなく渦巻いている。そして、ここを司っているのは、本の精になり切れなかった者達だ」

「本の精になりきれなかったって、どういうこと?」

「多くの人間に愛された本から、本の精が生まれる。だが、過剰で偏った情念が昇華されずに凝《こご》っている本や、閉架の中で孤独を恨みに変えてしまった本は、静かに眠ることもできず、こうしてカオスの中で怨念《おんねん》を吐き出し続けるのだ」

足元に触れる気色の悪い感触に気を取られないよう、前方に飛んでいる珊瑚だけを見つめて進む。

地面がぬかるんできたなと思っていると、大きな沼のほとりに辿り着いた。

視界にぼうっと人影のようなシルエットが浮かんでいる。目の前の霧が僅かに薄くなった時、その人影が門倉であるとわかった。

「門倉」

呼びかけられたことに気づかず、背の高い少年は沼の中に足先を浸《つ》けて立ち尽くしている。この沼は深そうに見えて随分浅いようだ。

もう一人、もう少し小柄でほっそりした誰かが門倉の足元に座り込んで、しきりに頭を動かしている。門倉がボトムを腰までずらしていて、その下腹をもう一人が口に含んでいるのだと気づき、清良は衝撃を受けた。

淫らな水音と、抑えた吐息。覗きをしているようで、いたたまれなくなる。

やがて門倉は相手の頭をつかみ、乱暴に喉奥を突き始めた。速いピストンの後、門倉が呻《うめ》きながら少年の髪を放した。口で門倉の種を全て受け止めた少年は、少し咳込んだ後、そっと口元を拭《ぬぐ》った。

「あの、次はいつ」

遠慮がちに問いかけて顔を上げたのは、矢敷だ。罪悪感と恥にまみれた門倉の表情をおずおずと窺う瞳には、抑えきれない恋心が溢れている。

矢敷の問いかけには答えず、憮然《ぶぜん》とした様子で身支度をする背中に向かって、矢敷が呼びかける。

「いつでも、したくなったら呼んで」

矢敷の姿がふっと消え、後には門倉一人が残される。

(まさか二人がこんな関係だったなんて)

硬派な印象が強い門倉の普段の様子からは、到底想像できないことだった。

何と声をかけていいものか迷っていると、門倉の体がずっ、と沈んだのでぎょっとした。先程まで足先が浸っているだけだったのに、今は膝まで水に浸かっている。

この沼は、底なし沼なのか。

「門倉！　そこにいたら危ない。自力で上がって来られるか？」

「……きっかけを作ったのは矢敷で、俺はただやらせてやっていただけだ。という体で、本音では都合がよかったんだ。俺を好きだと言っている奴に、酷いことをしているのはわかっていた。でも、一度あの味を覚えたら、どうしても止められなかった」

門倉はこちらを見ないまま、何かに取り憑《つ》かれたようにぶつぶつと呟いている。そうしている間にも、またその体が沈んだ。もう、腰まで浸かっている。

「そのうち、ゲイだと噂の立った矢敷が苛めにあうようになった。俺はそれを知りながら助けなかった。矢敷にさせていた疚《やま》しいことを、人に知られるのが怖かった。試合の出場資格を奪われることも、異端の烙印《らくいん》を押されることも、何もかもが怖かったんだ」

「門倉、しっかりしろ！」

胸の辺りまで沼に引きずり込まれながら、まるでそのことに気づいていないかのように、全くの無抵抗だ。いつも穏やかで落ち着いているこの男が、ここまで自分を見失うなんて。

清良は何かないかと周囲を見回して、折れた枝を見つけた。

「人に評価されるたび、矢敷の目が気になった。散々奉仕させたあげく、あいつを切り捨てた俺が、誠実だなんて笑わせる。俺は卑怯者だ」

清良は懸命に身を乗り出し、沈みつつある友に枝を差し出す。

「つかまれ、門倉」

門倉はぼんやりと差し出された枝を見つめ、ふと、切れかかっているライトが何かの拍子で点くように、清良に気づいた。

「……青海？　何故お前がこんなところに？」

「いいから早くつかまれ！　沈んでしまう！」

門倉が腕を上げて、清良の差し出した枝をつかもうとする。だが、沼の中で蠢《うごめ》く無数の白い指が、門倉の体をつかんで放さない。ずるずると引き込まれ、とうとう水から出ているのは右手首と顔だけになる。

「門倉っ！」

その時、後ろに控えていた詞葉が清良の前に踏み出した。

「五百万《いおよろず》の子供らよ、私に力を！」

詞葉の指先から夥しい紙片が流れ出していく。一枚一枚に活字が敷き詰められ、隅に小さなナンバーが振られたこの紙片達は、おそらく本のページだ。何百何千という紙片が長い帯状に連なり、全身に文字を刻まれた紙の龍となって沼へと突っ込んでいく。あと少しで水の中に消えそうだった少年の体を巻き取って引き上げ、沼岸へと放り上げた。

「門倉！　大丈夫か？」

「……うっ、かはっ」

門倉が苦しそうに水を吐く。清良は友人の背をさすってやった。ひとまず命に別状はなさそうだ。

沼の表に耳を塞ぎたくなるような不快な声が鳴り渡った。獲物を奪われた者達が、怒りの雄叫《おたけ》びを上げているのだ。

水面《みなも》が盛り上がり、水底で待ち構えていた者達が全容を現そうとしていた。牛一頭程はありそうな白蛭《しろひる》の姿が露わになる。体表に生えた無数の手首が指を蠢かしている姿には、怖気《おぞけ》を震わずにいられない。

前方には、水面のそこかしこを押し上げつつある醜怪な白蛭の群れが、背後には一寸先も見通せない濃霧が迫り、今にも白い指達がつかみかかってきそうだった。

「詞葉、門倉を連れて戻ろう」

「無理だ。彼を見ろ。彼の心はまだ囚われている。彼自身が戻ろうとしない限り、無理に引き剝がすことはできない」

はっとして門倉を見ると、いつの間にか根のようなものがその体に絡みついて、地面に癒着してしまっていた。

詞葉の作り出した紙の龍が根を食いちぎり、門倉の体に胴を巻き付けて引き上げようとする。少しでも力を緩めたら、無抵抗な体は、すぐに地面へと取り込まれてしまいそうだ。

カオスに力業で干渉し続けている詞葉の息が上がり、肩が上下している。埋まりつつある門倉を引き上げることに力の限りを注いでいるのだ。このまま膠着《こうちゃく》状態が長引けば、詞葉の体ももたないだろう。

今、巨大蛭達が岸に上がってきたら、防ぎようがない。

「門倉、しっかりしろ。ここにいちゃいけない。日紫喜も、丹色も、北神も、お前を待ってる。お前を心配している人がいっぱいいるんだ」

蛭の一体が形を変え、矢敷になった。制服のシャツを大きくはだけ、誘うように流し目を向ける姿は、現実の矢敷より妖艶《ようえん》だ。

「不良連中に目をつけられた俺が、どんなことをさせられてたか、知ってたんだろ？　おかげでしゃぶるのだけは上手くなったよ」

巨大蛭の矢敷が、見せつけるように舌を出す。門倉は苦しそうに呻いた。

「散々俺でいい思いをしたくせに、お前は都合が悪くなると俺を切り捨てた。お前は卑怯者だ。卑怯者。卑怯者。卑怯者！」

責めたてる声はどんどん大きくなり、最後は割れ鐘の中にいるような大音響になった。

「済まない。済まない、矢敷」

「しっかりしろっ、その矢敷は、お前が作り出した幻影だ！　矢敷はそんなことを言うような奴じゃない。そんなの、お前の方がよく知ってるはずだろ！」

「幻影……？」

門倉が幻の矢敷を見つめ、呟いた。

「……そうだ。本物の矢敷は、こんな奴じゃない」

その途端、ホログラムの画像が乱れるように、矢敷の姿が崩れ、元の白い蛭へと戻る。

「あいつに謝りたい。なのに、拒まれてそれもできない。どうしたらいいのか、もうわからない。こんな秘密と恥を抱えたまま生きていけない」

門倉の独白は、悲痛な色を帯びた。

「お前がその少年に謝りたいのは誰のためだ。お前の心の安寧のためだろう」

詞葉の厳かな声が轟《とどろ》いた。その顔はまるで裁きの神のようだ。

「俺の、ため？」

ずるずると地面に取り込まれつつあった門倉の目に、微かな理性の光が点る。

「そうだ。謝って過去のものにして、自分の痛みを消したいがための利己的な行為だ」

そこで詞葉は、少し声を和らげた。

「真に罪を裁かれるべきは、苛めを行った連中だ。危惧《きぐ》せずとも、彼らは必ず己の人生のどこかで、小さくない代償を払うだろう。お前が必要以上に己を痛めつけるのは、形を変えた逃げでしかない。今すべきなのは、苦しみから逃げることではなく、矢敷少年の気持ちを歪みなく汲《く》み取ることではないのか」

門倉は、まるで炎に焼かれているようにもがいていた。身を捩って根を引きちぎる先から、新しい根が門倉の体を捕らえている。

清良は門倉が哀れでならなかった。

矢敷を性欲の捌《は》け口に利用し、見殺しにした門倉を、卑怯でなかったとは言わない。だが、全国レベルの選手だった門倉が、出場資格を剝奪《はくだつ》されかねない醜聞を恐れた気持ちもよくわかる。同じ状況に陥った時、自衛を優先させずにいられる少年が、果たしてどれだけいるのだろうか？

「門倉、聞いてくれ。矢敷には今、つきあってる人がいる。苦しい時期を支えてくれた、元家庭教師の大学生だそうだ。矢敷は、門倉とのことを俺に一言も漏らさなかった。そして、お前のことはもう恨んでいないと言ってくれた」

「……矢敷に、つきあっている人が？」

「そうだ。今が大事で壊されたくない、昔のことを蒸し返してほしくないだけなんだって、そう言ってたよ」

「うおおおおお――ッ!!」

門倉が全身の力を込めて絶叫する。彼を拘束していた根が一斉に音を立ててちぎれ、自由になった体を起こしたとき、その両眼はしっかりと光っていた。

「俺はあいつに酷いことをした。どうしたら矢敷に償えるだろう」

「少年を癒すのはお前の役割ではない。過去も消せない。たとえ傷が癒えても、心に刻まれた傷跡は未来永劫《えいごう》消えることはない。だが、それを抱えて歩き出すことはできる。今のお前にできるのは、己の痛みを抱えたまま、彼の歩みを邪魔せぬよう脇に退いていることだけではないのか」

諭す詞葉の言葉に頷《うなず》いて、門倉が立ち上がると、彼を守っていた紙の龍がぱらぱらと分解して地面に落ちた。

(門倉はもう大丈夫だ)

これで帰れる、と清良がほっとした次の瞬間、巨大蛭が水上から躍り上がり、此方《こちら》へ襲い掛かってきた。

蛭の剝き出しの感情が、物凄い勢いで清良の頭の中に雪崩れ込んでくる。

〈憎イ〉
〈寂シイ〉
〈苦シイ〉
〈助ケテヨ〉
〈私ヲ見テ〉
〈俺ヲ見ルナ〉
〈僕ノセイジャナイ〉
〈全部アタシガ悪イノ〉
〈私ヲ置イテ行カナイデ〉
〈逃ゲルナンテ許サナイ〉
〈我々ハ、何処ニモ行ケナイノニ〉

　頭の中で声が膨れ上がって脳が破裂しそうになり、清良は悲鳴を上げた。

「声を聴くな！」

　詞葉が叫ぶ。両手で耳を塞いだが、流れ込んできた孤独と憎しみの総量があまりに大きくて処理しきれず、清良と門倉はのたうち回った。

　地面に横たわっていた紙片の一枚一枚から活字が蠢き出し、一筋に凝結して、詞葉の手の中で漆黒の鞭《むち》へと変わる。風が唸《うな》り、鞭で打ち据えられた蛭が、耳障りな叫び声を上げて、沼の中へと後退する。

その隙を見逃さず、詞葉が沼の水面へと渾身《こんしん》の一撃を振るった。鞭打たれた水面が真っ二つに分かれ、巨大蛭達の体が水の断崖の虚空に浮かぶ。

「生者に害成す者どもよ。帰れ、お前のあるべき闇の中へ」

断末魔の声を上げながら、巨大蛭達は暗い裂け目の中へと吸い込まれていく。最後の一匹が吸い込まれると、急に辺りから霧が晴れていった。

沼は跡形もなく、辺りには祭りの喧騒《けんそう》があるばかりで、今起こった出来事の気配はどこにも残っていない。空気が完全に澄み渡った時には、割れてしまいそうだった頭の痛みもすっかり消えていた。

清良は、ずっと疑問だったことを門倉に訊ねてみた。

「門倉は結局、どうして階段から落ちたんだ？　どうして本の世界に閉じ込められてしまったんだろう」

「『夢の通ひ路』は矢敷がくれた本だ。あいつの気持ちを知りたくて何度も読み返しているうちに、自分と小説の境目が曖昧になってしまった。あの日、階段の上で矢敷と目が合って、俺は咄嗟《とっさ》に逃げ出したいと思った。すると急に世界が半転して、気づいたらここにいたんだ」

物語の中に引きずり込まれた結果として、意識を失って、階段から落ちたというわけか。

「この世界は束の間の安定を取り戻しはしたが、お前はこの世界との親和性が高すぎる。一刻も早くここから脱出した方がいい。帰るべき場所はわかっているな？」

詞葉の言葉に頷いてから、門倉は頭を下げた。

「助けていただいてありがとうございました。青海もありがとう。矢敷には、大事にしてくれる人がいるんだな。本当によかった」

それっきり、門倉の姿がふっつりと消えた。去り際に見せた門倉のひしゃげた笑みは、泣いているようにも見えた。

「門倉、ちゃんと帰れたかな」

「大丈夫だろう。今頃、病院で目を覚ましているに違いない。ここで起こったことは覚えていないだろうが」

それでいい、と清良は思う。

「物語によって掻き立てられた強い感情が、あの少年を引き込む鉤《かぎ》になった。今回のそれは『秘密が漏れる恐怖』ないしは『自己嫌悪に苛《さいな》まれる気持ち』だ。蛭達の声をお前も聞いただろう。彼らの怨嗟《えんさ》も悲嘆も孤独も、けっして癒えることのないものだ」

「哀しいね」

「ああ。あれはとても哀しい存在だ。物語の最深部には、完全には読み解き得ない個の痛みや哀しみが横たわっていて、他の物語と繋がっている。カオスが吐き出していた負の感情と、門倉少年が抱える悩みが共鳴して、引き寄せられてしまったのだろう」

考え込んでいると、何かが転がってきて、こつんと清良の足に当たった。見覚えのあるサッカーボールだ。

「耀流？」

急いで周囲を見回したが、耀流の姿はない。

(何故、耀流のボールがこの世界に。今までこんなことはなかったのに)

いつも家の仏壇前に飾ってあるのと瓜《うり》二つのサッカーボールを拾い上げると、ボールは瑠璃色の欠片に変わった。

「お前の欠片だ。思いがけない収穫だな。さあ、私達も帰ろう」

珊瑚の力を借りて裏表紙の扉を出現させ、図書塔の部屋に戻ってきた途端、詞葉は床に崩れ落ちた。

「詞葉！」

成り立ちの異なる世界にあれだけ大きく干渉すれば、詞葉が被ったダメージもこれまでとは比較にならないのだろう。門倉を救い出すことに必死で、そこまで考えが至らなかった。

自分より長身の男に肩を貸し、何とかベッドに横たわらせる。本の世界を案内してくれた珊瑚も心配そうに周囲を飛び回っている。いつも詞葉に守られ、詞葉にばかり負担を強いてしまう自分が不甲斐なく、悔しい。

「詞葉、苦しい？　どこか痛いの？　勝手にカオスの中に飛び込んでごめん。無理させて、ごめん」

「心配するな。しばらくすれば治る。珊瑚も案じることはないぞ。帰って休むといい」

珊瑚はベッドの周りを二周してから、しょんぼりした様子で本の中へと戻っていった。

日頃よりさらに白く見える頬に触れ、額と額を合わせる。詞葉の体は冷え切って、冬場のガラスに触れているようだ。効果があるのかわからないが、何かせずにはいられなくて、清良はベッドに入って詞葉を温めようとした。

「詞葉の苦しさを半分俺に移せればいいのに。……全部でもいいよ」

「可愛いことを言ってくれる。折角《せっかく》欠片が入手できたのに、私がこのありさまでは、修復が明日になってしまうな」

「俺の欠片を浄化するのも、本当は負担になってるんだろ」

清良の欠片を口に含んだ時、ほんの一瞬、詞葉が動きを止めた。普段は何食わぬ顔をしているけれど、今日はエネルギーを使い果たしていたせいで、隠しきれなかったのだろう。

薄々そうではないかと思っていたが、今日確信した。清良の欠片に含まれている異界の成分は、詞葉にとっても毒なのだ。

「俺、もうこれ以上虚が塞がらなくてもいいよ」

「馬鹿なことを言うな。一度空いてしまった虚は、塞ぎ切ってしまわない限り、侵食を止めることはない。放置すれば取り返しがつかないことになるのだぞ」

「でも、詞葉が苦しいのは嫌だ」

「さほど苦しくはないさ。それに、こうして清良に優しくしてもらえるのだから、たまに弱って見せるのも悪くはないな」

（また、痩《や》せ我慢）

こんな時でも、清良の気持ちに負担がないようにと笑って見せる男が、愛おしくて哀しい。労《いた》わるつもりが、労わられている。辛い時には辛い、寂しい時には寂しいと、言ってくれればいいのに。

そう思ってから、それを言わせないのは自分だと気づく。清良が非力だから、自分のことで精いっぱいの子供だから、詞葉は何一つ清良に分けようとしないのだ。

与えられるばかりでなく、詞葉に何かをしてあげられるようになるには、どうしたらいいのだろう。

「こうして、私のことを一生懸命考えている清良を抱きしめているのが、何よりの薬だ」

まるで清良の思いを汲み取ったように、そんなことを言うから、泣きそうになる。

「嘘ばっかり」

「嘘ではない。人の思いが私を生かしているのだ。少し、昔話を聞いてくれるか」

「うん。聞きたい」

「私は初めから図書塔の精霊だったわけではない。元々は、ある旧家に棲んでいた。家の者からは、守り神などと呼ばれていたな」

「詞葉って神様だったの？」

清良にエッチなことばかりするから、図書塔に棲みついた元淫魔じゃないかと本気で思っていた。

「呼び名など、時々で変わるものだ。その家で、私は家の繁栄を司る神として信奉されていた。だが、当主が代わり時代を経るにつれて信仰は薄れ、やがて人々は私の存在を忘れてしまった。よくある話だし、それが悪いとも思わない。人は不要になったものを忘れていく。それが理《ことわり》というものだ」

なんでもないことのように詞葉は言うけれど、それはとてつもなく寂しいことじゃないのかと清良は思った。誰にも見てもらえず、存在すらなかったことにされ、たった一人で生きていくのは。

「存在を信じる人間がいなくなれば、私のような存在は消えゆく定めだ。少しずつ力が失われていくのを感じた。供物もいらない、崇《あが》めて欲しいわけでもない、ただ、私がいることを、誰か一人でも知ってくれたらいいのにと思いながら、長い時が経った」

詞葉の肩に顔を埋めてぎゅっと抱き着くと、髪を撫でてくれる優しい手に慰められる。

「ある日、一人の青年が私のことを見つけた。実《みのる》というその青年は家の次男だったが、病弱で外にも出られず、家の者からも隔離されていたから、読書を一番の楽しみとしていた。彼が物語を読み聞かせてくれるのを、私は心待ちにするようになった。詞葉という名をつけてくれたのも彼だ」

清良は、さらに力を込めて詞葉にしがみついた。昔語りの声があまりに優しくて、顔を上げれば見てしまうであろう愛おしさに満ちた顔を、けっして見たくはなかったからだ。

「実が亡くなった時、私はもう命が絶えてもいいと思った。だが、彼の蔵書が新しくできた学校の図書塔に寄贈されると知った時、彼の気配が残るものを諦めきれずに、本にこの身を宿して移ってきてしまった。以来、私は図書塔の精霊になったというわけさ」

図書塔が建った時からここにいるということは、その青年が亡くなったのは百年以上も前ということになる。そんなにも長い間、詞葉の心を占め続けているその人が羨《うらや》ましく、妬《ねた》ましかった。だが、清良は妬心を隠し、努めて明るい声を出した。

「それじゃあ、その本達もずっとここで一緒に暮らしているのか。詞葉はひとりぼっちじゃなかったんだね」

「彼らは、死んでしまったよ」

「えっ？」

「私は、あの本ら《こ》が本の精になって、共に実の思い出を語り合えるようになる日をずっと待っていた。けれど、本の精になる前に、彼らはその生涯を終えてしまった。そういうこともある。あの本達《こ》が清らかなまま、何の未練も残さず旅立って行けたことを喜ぶべきなのに、私はそれから何年も、深い喪失感に苛まれることになった」

「十年前に澤居先生と出会った頃も？」

「実と燐也が私を見つけ、生かしてくれた。こうして、清良が私を案じて寄り添ってくれることもそうだ。私を生かす大きな力になっている」

「本当に？」

「勿論だ。これ以上に効果があるのは、お前とのセックスぐらいのものだな」

「……ばか」

からかうように笑う男の体温が戻っているのを感じて、清良はほっとした。

（心配したり、くっついてたり、そんなことで元気になるなら、いくらでもするけど）

詞葉にとって、名前を与えてくれた実という人と、生きる力をくれた澤居が特別なのは、当然のことだ。与えられてばかりの清良とはまるで違う。清良にはなしえないこと、求められてすらいないことを、彼らはしたのだから。

役にも立たないくせに、すぐに嫉妬《しっと》にまみれてしまう自分の心を醜いと思う。

だが、彼らがその時々で詞葉の孤独を癒し、生かしてくれなかったら、きっと清良は詞葉に出会えていない。ならば、二人には感謝しなくてはならないのだ。

（詞葉にとってきっと一番は永遠に実という人。二番目も、たぶん澤居先生なんだろうな。俺は三番目か、それ以下かあ）

自分だって、詞葉のためなら何でもできるのに。命をあげたって構わないのに。焦げつくような想いで、清良がそう考えていることを、詞葉は知らない。知らないままでいい。詞葉はそんな考えをきっと喜ばないし、この想いを知られたら、大切な記憶ごと消されてしまうだろうから。

「俺も、もっと何か詞葉のためにできたらいいのに」

だから、そう言うに留《とど》めた。

「人の命は短い。貴重な青春の時をこうして私に分け与えているというのに、これ以上何をしようと言うのだ。お前は優し過ぎる。虚もようやく半分程度は塞がった。一日も早く終いまで塞いでしまわなければな」

虚を塞ぎ終わったら、すぐに別れるのだろうか。いつまで詞葉と一緒にいられるのだろう。

（ずっと塞がらなければいいのに）

つい、そんなことを考えそうになっていると、清良の携帯が震えた。

「日紫喜からだ。門倉、病院で目を覚ましたって。詞葉の言った通りだ」

「それは良かった。お前の友人達も喜んでいるだろう」

「ねえ、詞葉。門倉は、ほんとは矢敷のことが好きだったんじゃないかな」

そうでなければ、本の世界から戻る前に見せた、泣いているような笑顔の説明がつかないような気がする。恋愛と言うには あまりに拙《つたな》く、未熟な感情。だからこそ、矢敷に拒まれてあんなに悩んで、あの本に囚われてしまったのではないだろうか。

「あるいはな。人は自分の心程、見えなくなるものだから」


それから一週間後、ようやく門倉が登校してきた。

階段から落下した時に負った打撲は、目覚めたときには綺麗に治っていて、医師にもその頑健さを驚かれたらしい。覚醒後の検査でも昏睡の原因は特定できず、経過観察ということになったようだ。

だが、今回と同じ理由での昏睡はもう起こらないはずだ、と清良は思う。

「毎日のように病院に来てくれたそうだな。ノートも助かった。ありがとう」

門倉が日紫喜に頭を下げるのを見て、丹色が驚いた顔になる。

「へー、漣ちゃん、そんなにちかちゃんのお見舞いに行ってたんだ？」

「まあ、美人の妹さんの顔を見がてらに」

「愛されてんね、周。それよりノート！　ノート回してくれ！」

「お前が昏睡状態に陥ったらな」

北神をすげなくあしらってから、日紫喜は門倉と向かい合った。

「で、お前が矢敷と言い争ってた話は、結局何だったわけ？」

「言い争い？　……ああ、俺は昔、あいつに酷いことをしたから、それを謝ろうとしていたんだ。でも、謝ろうとすること自体がエゴだと気づいた。この罪の意識は、簡単に手放していいものではなかったんだ」

門倉は、『夢の通ひ路』の世界の中で見た時とは別人のように、すっきりした顔をしている。記憶はなくとも、本の世界の中で得た気づきは、門倉の中に残ったようだ。

「じゃあ、ちかちゃんのことを矢敷が突き飛ばしたとかそういうことは？」

「そんなわけないだろう。気を失ったせいで落ちただけだ」

丹色の問いを、門倉が一蹴《いっしゅう》する。

「なんだそっか。よかった！　いやー、ほんとよかった！」

ふと、清良は門倉に見つめられていることに気づいた。長過ぎる凝視にたじろいでしまう。

「何？」

「長い夢を見ていた。その夢に、青海がいたような気がする」

「なんで清良の夢？　みんな清良が好き過ぎじゃない？」

日紫喜が茶化したことで、すぐ話題が他に移っていったが、正直どきっとした。悩みが浄化されれば、本の世界での記憶は残らないと詞葉は言っていたが、全くのゼロになってしまうわけではないようだ。何かが残ったからこそ、門倉は矢敷の人生から完全に退場して、前に進むことを選べたのだろう。

久しぶりに勢揃いした四人の平和な様子を眺めながら、清良の心は別の風景へと彷徨っていく。

門倉の奪還に成功した翌日、詞葉は『夢の通ひ路』の世界で拾った欠片を清良の中に戻してくれた。意外だったのは、その欠片によって見せられた追憶が、清良のものではなく、耀流のものだったことだ。

欠片を注入されるといつもそうなるように、場面がいきなり転換すると、清良は耀流になっていた。視線が下がり、広いグラウンドでサッカーボールを追っている。これは、小学校時代の耀流の記憶だろう。

地区大会の試合の場面のようだった。耀流がシュートを決めた直後に、ホイッスルが鳴り響き、試合は味方の勝利に終わる。チームメイト達と喜びに沸き立ちながら、得意になって観客席の方へと視線を向けるが、来てくれるはずだった母親の姿はどこにもない。

家に帰ると、母の美遥は出掛けようとしているところだった。

「お兄ちゃんの具合が悪くて。病院に行ってくるわね」

慌ただしく靴を履いて出て行く直前に、美遥が思いついたように言った。

「試合、行けなくてごめんね」

閉まった扉を見つめるうちに、萎《しぼ》み切っていた胸の中で、焼けた鉄の塊のようなものが膨れ上がっていく。

試合の結果がどうだったかすら、聞いてはくれなかった。

授業参観に来てくれない時は、大抵兄が原因だ。災害時の引き取り訓練で、迎えに来るのを忘れられて、小学校の先生達の中でぽつんと待っていたこともある。

いつだって、兄が優先。ひきこもりがちで虚弱な兄の体調次第。

試合を観に来ていた両親と兄に構われて、嬉し気にしていたチームメイトの姿が浮かぶ。

正直羨ましかった。寂しく、妬ましかった。勝利の喜びなど霞んでしまうぐらいに。

（俺だって、ああいうお兄ちゃんの方が良かった。一緒にサッカーしてくれて、試合も観に来てくれて、すぐに具合が悪くなったりしないような）

あいつのせいで損ばかりする。あんなお兄ちゃんなら、いない方が良かったのに——。

再度場面が転換して、詞葉の部屋へと戻って来た時、清良は酷い呼吸困難に陥っていて、詞葉を随分心配させてしまった。

耀流に疎《うと》まれていたことを、こんな形で生々しく知らされたのはショックだった。でも、幼い弟に何度も我慢をさせ、切ない思いをさせてきたのだから、恨まれても仕方がないことだと思う。

記憶を拒絶することなく、何とか飲み込むことはできたのだけれど、疑問が残る。

試合があったあの日、確かに清良は病院に運ばれている。だから試合を観戦していたはずがなく、あの記憶は清良のものではあり得ない。耀流の記憶で間違いないはずなのだ。

清良の欠片の中に、耀流のものである記憶があったことが、不可解でならなかった。

秘密が漏れる恐怖、自己嫌悪に苛まれる気持ち。あの記憶の中には、生前の耀流のそんな気持ちが取り残されていたのだろうか？

本の世界の中に、耀流が現れたのは何故だろう。耀流は清良に何かを伝えようとしているのだろうか？　亡くなって三年も経つ今更何を？

『人は自分の心程、見えなくなるものだから』

詞葉が言った言葉が、その時何故か清良の胸に浮かんでいた。

第四章

「おい、間抜け」

いつものように詞葉《しよう》と過ごした後に、部屋から出ようとしたところで、弄月《ろうげつ》に呼び止められた。鏡は詞葉の部屋の隠し扉のすぐ脇に掛かっているので、弄月に見られずに部屋に出入りすることは不可能なのだ。

「お前の虚《うろ》とやらは、どうなってんだ？　少しはよくなったかよ？」

「半分ぐらい塞《ふさ》がったって詞葉が言ってた。……もしかして心配してくれてるのか？」

「はあ？　そのしけた面を見ないでよくなるのはいつか、って聞いてんだろうが」

毎回律儀に憎まれ口をきいてくるこの妖《あやかし》のことを、清良はしげしげと眺める。

「なんだよ、じろじろ見やがって」

「弄月ってさ、いつも話しかけてくるけど、ひょっとして俺と友達になりたいの？」

「頭煮えてるんじゃねえのか？　誰が人間風情と。ばーか！　頓馬《とんま》！　間抜け！」

雪のように白い顔を染めてがなりたてる姿は、まるでからかわれてキーキー怒る小学生男子のようだ。黙ってさえいれば妖精の国の王子様のようなのに、実に残念だ。

「はいはい、じゃあまたね」

校門の手前で、日紫喜《ひしき》に会った。清良《きよら》はたいていの生徒より遅い時間まで図書塔で過ごしているから、帰り道で同じクラスの生徒に会うことは滅多にない。

「この時間に会うなんて珍しいね。清良って、部活入ってなかったよな」

「あ、うん。わからないところがあって、先生のところに行ったり、仮設図書室に行ったり、いろいろ」

ごまかそうとしてそう答えたが、「へえ？　俺も図書室で勉強してたのに、気づかなかったな」と言われて変な汗が出る。

駅までの帰路を一緒に歩いた。

「清良って兄弟いるんだっけ」

「ううん。うち母親しかいないから、二人家族なんだ」

「へえ、俺の家と同じだな。うちの母親、ワーカホリック気味でさ。遅くなってもうるさく言われないのはいいいんだけど」

(同じ母一人子一人の家庭でも、バリバリ働いている日紫喜の母親とうちとでは、だいぶ違うんだろうな)

清良は少し羨《うらや》ましく思った。

日紫喜は道すがら、本の話や学校ネタでのブラックジョークなど、清良にもついていける話題を選んで振ってくれる。お陰で、気まずい沈黙を恐れる必要がなかった。コミュ力の高さと頭の回転の速さは勿論《もちろん》だが、日紫喜はその辛口な物言いとは裏腹に、情が深くて思いやりがある男なんだな、と改めて思う。

歩いている間に、何度か日紫喜の携帯が振動音をたてた。

「とらなくていいのか？」

「ああ。わかってるから」

バイブ音は十回近く鳴っていたけれど、日紫喜は一度も出ようとはしなかった。

改札の傍《そば》まで来た時、突然、見知らぬ若い男から馴《な》れ馴れしく声をかけられた。

「おい。連絡無視すんじゃねえよ」

堅い勤めには見えない崩れた服装の茶髪の男だ。日紫喜に向かって笑いかける表情が下卑ていて、嫌な気持ちになる。日紫喜に相応《ふさわ》しくないと感じた。

「知り合いなのか？」

「まあね。それじゃ、俺らはこっちだから」

清良の家がある駅は、日紫喜の指差した方向とは逆方面だ。左右に分かれようとしたものの、男に腰を抱かれた日紫喜の堅い頬《ほお》の線が、どうにも気になって仕方がない。

「俺も行った方がいいか？」

思わず声をかけた清良を、日紫喜が不意を衝かれた顔で振り返る。茶髪は何がおかしいのか、にやにや笑っている。

「一緒に来るか？　いいぜ、ピチピチのかわいこちゃんなら大歓迎だ」

キモ、と思っていると、日紫喜が男を睨《にら》んでから、清良に笑顔を向けた。

「いや、お前には関係ないから。でも、サンキュ」

猫を思わせる目を細めて笑ったその顔は、いつも通り綺麗《きれい》だったけれど、後ろ姿の首筋の細さや肩の薄さが、どういうわけか妙に頼りなく感じられた。

家に帰り着いてからも、日紫喜のことがやけに気になって落ち着かない。漠とした不安が、清良を刺激していた。何度か夜にＬＩＮＥを送ってみたが、既読が付かない。ようやく返事が来たのは深夜の二時で、帰宅して寝てしまったから気づかなかったと書いてあった。

その返事を読んで、ようやく清良は安心し、眠りについたのだった。


翌日、日紫喜が変わりない顔で登校してきたのを見て、清良はほっとした。不安がただの取り越し苦労だったなら、それでいい。

十月に入って、体育の授業は陸上に変わっていた。グラウンドに集合するとジャージを脱ぎ、体育着と短パン姿になって、二人一組で準備運動をする。

清良は傍にいた松本《まつもと》と組んだ。その場所から、門倉《かどくら》と日紫喜が組んでペアストレッチをしている様子が見える。

日紫喜の両手首のリストバンドが、なんとなく目についた。しょっちゅう新しいイヤホンを買ったりバッグを替えたりしている男だし、スニーカーと色も合っているから、これもファッションかなと思いながら、清良も体側を伸ばす動きを始めた。

「おい、なんだこの痣《あざ》」

門倉の声に視線をすくわれる。視線の先で、日紫喜が首筋を押さえ、ゆっくりと体を捩《ひね》りながら崩れていく。

「日紫喜っ。先生、日紫喜が！」

緊迫した声で、クラスメイト達が倒れた少年の周りに集まる。目を閉じた顔は脱色したように白っぽくなり、首筋には痛々しい痣が付いていた。

日紫喜は体育教師の呼びかけにも応《こた》えない。サイレンの音を消した救急車に収容されていく一部始終が、半月前の門倉のケースを嫌でも想起させる。ひと月の間に、同じクラスから二度も救急搬送される生徒が出るなんて、異常だ。

「ちかちゃんが戻って来たと思ったら、今度は漣《れん》ちゃん。なんだこれ……」

丹色《にいろ》が呆然《ぼうぜん》とした様子で呟《つぶや》いた。日紫喜を見送る生徒たちの顔には、心配だけでなく不安が色濃く浮かんでいる。

清良は、心臓が不吉に暴れだすのを感じていた。日紫喜の首筋についた真新しい痣。おそらく、あの痕《あと》をつけたのは駅で会った茶髪の男だろう。昨日清良と別れた後で、あの男は日紫喜に何をしたのだろう。あの二人はどういう関係なのか。日紫喜が倒れたことと、あの男は何か関係があるのだろうか。

日紫喜と男は顔見知りのようだったし、日紫喜も納得してついて行ったように見えた。でも清良は、直感的にあの男を嫌だと感じたし、日紫喜を行かせたくないと思ったのだ。

（嫌な予感がしていたのに。みすみす行かせてしまった）

清良には、日紫喜がこうなった責任の一端が自分にもあるように思えて、胸がざわついて仕方がなかった。

門倉に続いて日紫喜が倒れたというニュースは瞬《またた》く間に拡がり、一年四組は呪《のろ》われているというくだらない噂《うわさ》が、様々な尾鰭《おひれ》をつけて学校中を駆け巡った。

脳波に異常がなく、頭部に目立った外傷がないのに、昏睡《こんすい》状態から覚めないのも、門倉の時と同様だった。違ったのは、丹色のグループが、担任から個別に呼び出しを受けたことだ。

清良が放課後の教室に残された時、澤居《さわい》の口調は普段より歯切れが悪かった。

「お前ら以外に日紫喜と親しかった奴《やつ》とか、外の奴とつきあいがあったとか、聞いてないか？」

真っ先に、三日前に見かけた茶髪男の顔が浮かぶ。だが、清良は慎重に問い返した。

「なんでそんなこと聞くんですか？」

「あいつの体には、日常生活ではつかない傷がついていたらしい。病院から警察に届けが行ったと親御《おやご》さんから相談されてな。これ以上は言えない」

日常生活ではつかない傷。病院から警察。頭の中で言葉が切れ切れになって巡る。

清良の様子を見守っていた澤居の目つきが鋭くなった。

「お前、何か知ってるのか？」

あの男のことを澤居に告げるべきだという思いと、後々日紫喜が困ることになるのではという懸念が交差する。

清良の懸念は、あの男と日紫喜の関係に後ろ暗いものを感じたところから来ている。ありていに言えば、性的な気配を感じたということだ。最悪の場合、金銭の授受があった可能性もある、と清良は考えていた。知性の欠片《かけら》もないあの男の雰囲気が、日紫喜には不釣り合い過ぎて、好んでつきあっているようには到底思えなかったからだ。

教師に知らせることは、日紫喜を密告することになりはしないか。けれど、友達が悪い大人から性的搾取を受けているかもしれないのに、それを黙っていていいものか。

決断できないまま無言でいると、澤居は「まあ、いいや」と話を打ち切った。

「話す気になったらいつでも話してくれ。俺としても、内々で済ませられるならそうしたいんだ。学校側から日紫喜がお咎《とが》めを受けるのも避けたいし、あいつが戻って来た時の居心地も大事だからな。お前も今聞いたことは口外しないでくれよ」


「なあ、お前。そこの眼鏡、お前だって」

駅でふり返った先に例の茶髪男のにやにや笑いを見つけた時、清良の胸に真っ先に湧《わ》き上がってきたのは、怒りだった。

日紫喜は今も病院で眠ったままで、その原因を作ったのはこの男かもしれないのだ。男のにやけ顔に憎しみすら覚える。

「あいつ知らねえ？　日紫喜漣。呼び出してんのに来ねえんだけど」

「貴方《あなた》、日紫喜のなんなんですか？　彼は今、意識不明で入院中です」

「意識不明ってマジ？」

何も面白いことなどないのに、男はげらげら笑った。少なくとも、この男は日紫喜の友人でも恋人でもないのだ。彼の心配をするふりすらしない。

「知りたかったら、一緒に来いよ。楽して小遣い稼ぎたくねえ？　色々教えてやっからさ」

（誰が行くか）

清良は肝《きも》が据わっている方じゃない。何をするかわからない粗野な男に対峙《たいじ》するのは怖かったが、今は怖れを怒りが上回っていた。

「あんた、あいつに何をしたんだよ？　あいつが嫌がってるのにつきまとってるなら」

「つきまとってるならなんだってんだ、ああ？　舐《な》めた口きいてんじゃねえぞガキが」

急に目が据わり、声に恫喝《どうかつ》の色が混じる。これがこの男の本性なんだと清良は思った。

「警察に言う。もう届けは出てるから、日紫喜の周囲をうろついていた不審な男がいたって言えば、きっと聞いてくれる。駅の防犯カメラにあんたの顔もばっちり写ってるだろうし、その気になれば身元ぐらい、すぐにつきとめてくれるよ」

男は酷薄そうな目を細めてしばらく黙っていたが、やがて舌打ちをした。

「オークションサイトで『騙《だま》し絵の森』って調べてみな。それがあいつの『商品名』だよ。おい、顔覚えたからな。お前も同じ目にあいたくなかったら、サツにたれ込むんじゃねーぞ」

男と別れても、卑しい声が鼓膜にべったりと張り付いているような気がした。緊張と不快感で心を波立たせたまま、ホームでオークションサイトを検索する。

男に教えられた『騙し絵の森』のタイトルで出品されているのは、同題のアーロン・クエンティンの文庫本や、作品が舞台化された際のパンフレット、映画のＤＶＤ、サントラＣＤ等だ。男からこの題名が出てきた時には、有名作品と同じ名前がつけられたＡＶか何かではないかと身構えていたから、ちょっと拍子抜けをした気分だった。

仔細《しさい》に見ていくと、ほとんど入札のない出品が並ぶ中で、何点かの高額出品が目についた。

ほとんどは、海外輸入品の詰め合わせなどのレア商品に対する強気な値付けだ。

その中に一点だけ、高額が付けられている理由がわからない商品がある。書店で購入すれば新しいものが数百円で手に入る何の変哲もない文庫本に、スタート価格として一万円の値がつけられていて、現在三万円台まで値が吊り上がっているのだ。

(なんだ、これ)

出品者の名前は『emilia16』。

確か『騙し絵の森』のヒロインが、エミリアという名前だったはずだ。過去に女優をしていたエミリアは、己の美貌《びぼう》や栄光が失われていくことに耐え切れず、近づいてきた粗野な男達に束の間の優しさを求め、次々と身を委《ゆだ》ねて行く。一人の女が己のプライドに食い荒らされ滅びていく、痛ましいストーリーだ。

emiliaはそのヒロインの名前だとして、16はなんだろう。そう言えば、日紫喜は夏休み中に十六歳になったと言っていた。

それよりも清良が気になったのは、不審な出品が文庫本であったことだ。

(ここでもまた、本)

列車がホームに滑り込んできた。これに乗れば、三十分で家の最寄り駅に着く。なのに、脚が動かない。

発車のベルに背を押されるようにして、清良は改札に向かう階段へと走り出していた。

戻って来た清良を見て、詞葉は驚いた顔をした。

「どうした。何か忘れ物でも？」

駅からここまでずっと走ってきたから、息が切れていたけれど、思考はここ数日で一番澄んでいる。覚悟が決まったからだ。

「あのさ、詞葉。俺」

「やっと話してくれる気になったのか」

「気づいてたの？」

「当然だ。この三日ばかり、お前は酷《ひど》く元気をなくしているばかりか、気もそぞろだったではないか。珊瑚《さんご》達がお前にまとわりついてこないことに、気づいていなかったのか？　弄月でさえ、お前を心配していたぞ」

「……あ」

頭がいっぱいで、そんなことにも気づけていなかった。隠せているつもりが、みんなに心配をかけていた自分が情けない。

清良は観念して、日紫喜に起こった出来事を最初から順に話した。オークションで見つけた不審な文庫本のことも。

「何故《なぜ》すぐ私に話さなかった」

「本絡みかもってわかったのはさっきだし。それに、詞葉がまた苦しむのは嫌だったんだ。できれば巻き込みたくなかった。でも、手がかりがこれしか見つからないんだ。勝手なこと言ってると思うけど、もう一度、俺の友達を助けてください」

その代わり、今度は自分が体を張ってでも、可能な限り詞葉に負担を掛けないと心に決めている。

清良が下げた頭を、大きな掌《てのひら》が包み込むように撫《な》でてくれた。顔を上げると、優しく笑んだ顔がある。もうそれだけで、ここ数日の緊張が緩んで、涙ぐみそうになってしまった。

「今度からは、悩む前に私に話せ」

「……ん」

「さて。件《くだん》の本は文庫だと言ったな」

詞葉がアメリカ文学の棚から黒い表紙の文庫本を一冊抜き出し、玉響《たまゆら》を呼び出す。

「珊瑚はさっき休ませたばかりだし、今起こしても最後まで起きていられないだろうから、今回は玉響に頼むとしよう」

「さんごはちびだからね。ぼくはおおきいからへいきだ」

珊瑚と同じプチサイズのくせに、得意そうに胸を反らすからおかしい。

「それじゃ、玉響。詞葉と俺をよろしく頼むな」

物語の中の世界は、回り舞台に似た構造になっていた。

貧しいけれど活気がある下町の情景から、四十五度回転して、二間続きの室内の場面に移る。扉を開けて場面が転換されるたびに、同じ室内が現れるのだが、全く違う明度や彩度に変わっている。

回り灯篭《どうろう》のように部屋を巡る五色の光が、清良達の目を射る。部屋のそこかしこに下げられた花のモビール。無造作にベッドの上に広げられた優美なドレスの上を、色鮮やかな光の蝶《ちょう》が飛びまわっている。まるで高速回転のメリーゴーランドにでも乗せられているようだ。

幻想的なようでいて、どこか扇情《せんじょう》的な気配に満ちている。高速での移動について行くのがやっとだったから、ここまで免疫システムの妨害がないのはありがたかった。

数えきれない程の扉を開けた先で、いきなり視界が真っ白に閉ざされる。

「カオスの霧だ。用心して、私から離れるなよ」

悪意のある静寂とでも言うべきものが、すっぽりと辺りを包んでいた。

床だったはずの足元は酷くぬかるみ、そこから白い手首が突き出しては、歩みを捕らえようとする。清良は前の時と同じように、少し前を飛ぶ玉響の薄青い光だけに意識を集中して、気味の悪い手のことを頭から締め出そうとした。

手探りで幾《いく》つかの扉を開けて進み、妙に足元が固くなったかと思うと、薄ぼんやりとした人影が見えた。

水色のワンピースに白い三つ折りソックス、黒のストラップシューズを身に着けた少女が、霧の中に浮かび上がる。だが、セミロングの髪から覗《のぞ》く怯《おび》え切ったその顔を見て、清良は目を瞠《みは》った。

「日紫喜？」

激しく全身が震えているせいで、コインロッカーに鍵を差し込もうとしては、何度も失敗する。着衣の乱れと脚に伝わった一筋の血が、不吉な予感を増していく。

ようやくコインロッカーから荷物をつかみ出した日紫喜のすぐ後ろに、一台のベンツが急停車する。降りてきた男達が、逃げようと暴れる少年を無理やり車に押し込んだ、と思った途端、車ごと日紫喜は消えた。

「日紫喜！　おい、待て！　誰か！」

「清良、落ち着け。これはあの少年の記憶だ。既に起こったことは変えようがない。それより、先を急ぐぞ」

心が酷く乱れていた。詞葉は、あれを日紫喜の記憶だと言う。今見たのが日紫喜の身に起こった出来事なのだと思うと、恐ろしくて仕方がない。

次の扉を探して開ける。霧はさらに濃くなり、湿度と息苦しさに押し返されるようだ。

這《は》い上がってくるものを感じて足元を見ると、白い蜘蛛《くも》がひしめいていた。蜘蛛の脚の一本一本は白い人間の指で、清良の脚をつかみ、よじ登ってくる。

「ひ……！」

「走れ！」

ズボンに絡みつく蜘蛛をちぎり、仲間の体を乗り越えて這い上がってきた蜘蛛をむしり取りながら走る。蜘蛛に全身を覆われてしまったらどうなるのだろう。想像したくない。

また少し霧が薄くなった場所で、ようやく日紫喜を見つけた。

日紫喜はまたも女装姿だった。今度は淡色の生地が幾重にも重なったドレスの肩に、巻いた髪を散らし、細く尖《とが》ったヒールを履いている。クリスタルで編まれたように煌《きら》めくハンモックに浅く腰掛け、優雅に足を組んでいる様は、妖艶《ようえん》な美女にしか見えない。

「日紫喜！」

今度は清良の呼びかけに気づき、気怠《けだる》げに目を上げる。

「なんでお前がここにいるの？」

「助けに来たんだ」

「助け？　俺は好きでここにいるのに。それより後ろの人、誰？　随分いい男だね。それに凄《すご》くエロい。俺、あんたと寝たいな。清良と三人でもいいよ」

上目遣いで詞葉に向かって微笑《ほほえ》みかけながら、ヒールの足先をぶらぶら揺らす。清良はたまらなくなって、「駄目だ！」と割って入った。

「駄目だよ、詞葉は」

日紫喜がくくっと喉《のど》を鳴らす。

「冗談だよ。人の男を盗《と》ったりしないって」

「そういうんじゃないけど……」

清良は、日紫喜のルージュがひかれた唇や、赤いネイルをまじまじと見つめた。

「そうしていると、日紫喜じゃないみたいだ」

「だろうね。学年一位の秀才が外じゃ女装男子だなんて、誰も思わないだろ」

「驚いたけど、それは別にいい。似合ってると思うし。そうじゃなくて、俺が知ってる日紫喜は、自棄《やけ》になるような奴じゃないって思ってたから」

テスト前には丹色達のことをアホだの馬鹿だの散々こき下ろしながらも、結局は山を張ってやっていた。誰よりもクレバーで冷静に見せかけながら、実は深情けで面倒見がいい奴だということを、もう知っている。

「へえ、そう？　結構俺のこと買ってたんだね。幻滅させてごめんね？」

「幻滅なんてしてない。ただ、好きでここにいるなんて本気じゃないと思ってる。北神《きたかみ》も、丹色も門倉も、目覚めずにいるお前のことを心配してるんだ」

清良の言葉を「ハッ！」と鼻で笑う日紫喜に苛立《いらだ》った。

「何がおかしい」

「あいつらが心配してるのは、ちょっと毒舌でテストでもゲームでも負け無しの優等生の日紫喜漣だろ？　本当の俺はこっちなのにさ」

「お前の身に何があったんだ。お前、何をしてるんだよ」

日紫喜の表情が虚《うつ》ろになり、視線が離れた場所に流れる。その視線の先に、ホログラムの映像めいた背の高い少年の姿が浮かび上がった。少年の顔には見覚えがある。

「門倉？」

「……きついんだ。心を殺したい。それが無理なら、汚い体もろとも焼き払ってしまいたい。あいつを好きになる前の自分がどんなだったか、もう少しも思い出せない」

門倉の映像が、空間に次々と映し出されていく。昼休みにベンチで横になっている門倉。柔道着姿で試合に臨む真剣な目。笑いながら日紫喜の肩に回した手。どの姿も、現実の門倉以上に眩《まぶ》しくて、彼に向ける視線の熱がこちらまで伝わってくるようだ。

門倉が昏睡状態にあった時、日紫喜は毎日病院に通い詰めていたという。そして目覚めたという知らせがあった翌朝、彼の目はまるで泣き通したかのように腫《は》れぼったかった。

「日紫喜は門倉のことが好きだったのか」

「お前にはわからないよ。親友面して隣にいること自体、あいつを汚しているも同然なのに、何年も思い切れないまま、どんどん腐敗していった俺の気持ちなんて」

まるで清良を憎んでいるように、張り裂けそうな目で睨みつけてくる少年に向かって、詞葉が重々しい声で言った。

「それでお前は、他に救いを求めたというわけなのか」

「そうだよ。俺を肯定してくれるなら、誰でもよかった。顔は半分隠して、ギリギリまで露出した画像やきわどい女装をSNSにアップすると、ちやほやされて気分良かった。ちょっとした姫状態だ。そのうち俺は、俺に会える権利をオークションに出品することを思いついて、SNSにヒントを落とした」

「そんなの、賢いお前なら、危険だってわかりそうなものじゃないか」

清良には、日紫喜がそこまで愚かで自暴自棄なことをするとは信じられなかった。

「最初はほんのお遊びで、出品は途中で取り消すつもりだった。破廉恥《はれんち》な画像を散々流した裏アカウントも、その時まとめて消せばいいと思ってた。誰か一人でも入札者がいたら、それで満足して終わりにしようって。でも、どんどん俺の値が吊り上がっていくのに興奮して、結局は、落札した相手に会ってみることにしたんだ」

「どうして……」

「そこまで俺に会いたいって言ってくれる相手が、本当に実在してるのか、確認したかった。やらしいことされるかもとは思ったけど、破れかぶれな気持ちもあった。そういう奴に抱かれてしまえば、あいつのことも思い切れるんじゃないかって」

少年の表情が、虚ろになっていく。

「その結果がこのざまだ。俺の初体験は、三人の男に輪姦《まわ》されてビデオに撮られるっていう、スペシャルなもんになっちまったってわけ」

「日紫喜……」

「少しだけ、誰かに優しくされたかった。誰でもいいから、肯定してほしかった。あいつに焦がれてどんどん欲望で膨れ上がっていくこの心と体を、汚くなんかないんだよって言ってほしかったんだ」

少年が茫洋《ぼうよう》と伸ばした手の、腕から指の先に向かって、光る蔓《つる》のようなものが這い上がっていく。あれはなんだ?

「来るぞ。清良は下がれ!」

詞葉が前に出るのと同時に、突風が起こった。

「五百万《いおよろず》の愛し子よ、今一度力を貸してくれ！」

詞葉の指先から、夥《おびただ》しい紙片が巻き上がる。一葉一葉に刃がついているように、紙が触れたところから蔓のようなものが切れていく。

ハンモックが大きく揺れて、巨大な脚がよじ登ってきた。ゆっくりと全体を現すにつれ、それが小山のような大きさの白い蜘蛛であることがわかった。ハンモックに見えていたものは蜘蛛の巣で、日紫喜を捕らえている蔓は蜘蛛の糸だったのだ。

蜘蛛の体表が細かく泡立っている。蛭《ひる》と同様、指を蠢《うごめ》かす白い手が、びっしりと表面を埋め尽くしているせいだった。

頭に八つの目があり、人間の眼球にそっくりなそれらが一斉に動いて清良の方を見た。と思った次の瞬間、蜘蛛の吐いた糸が清良めがけて襲い掛かってくる。詞葉は間髪を容れず、糸を薙《な》ぎ払った。

「清良、けっしてあの糸に触れるなよ。お前まで捕らえられたら流石《さすが》に分が悪い」

「こんなに力を使って大丈夫なのか？」

「私のことなら案ずるな」

「俺にも手伝えることはない？」

「人間が太刀打《たちう》ちできるものではないのだ。あの少年も、あのままではじきに精神が死ぬ」

結局、詞葉の守りなしでは何もできないのか。自分の非力が悔しかった。唇を噛《か》んでいる清良の手の中に、詞葉の放った紙片の一葉が、ひらりと舞い込んでくる。清良の手の中で紙片は小さな盾《たて》となり、紙片から浮き上がった活字は細身のレイピアへと変わる。

「脆弱《ぜいじゃく》な守りだが、何も無いよりましだろう。お前が自衛に努めてくれれば、その分だけ勝機は増す。清良にも役目はあるぞ。日紫喜少年の意識が外部と遮断されてしまわぬよう、絶えず話しかけて、現実に注意を向けさせるのだ」

「わかった！」

それからは、清良も迫《せま》ってくる糸を与えられたレイピアで切り落とし、盾で防いだ。

そうしている間にも、蜘蛛が吐き出す糸で、日紫喜はどんどん搦《から》めとられていく。詞葉が切り払っても切り払っても、糸の勢いは止まらない。そんな状態なのに、陶然とした顔で独白を続けている日紫喜の様子は、異様としか言いようがなかった。

「……俺だって、知らない奴と会うにあたって最低限の自衛はしたよ。身元がばれるものはコインロッカーに預けて行ったし、奴らからやっと解放された後も、尾行されていないか何度も確認した。ただ、ショック状態で体もズタボロだったから、外に見張り役がいたことには気づけなかった。結局、ロッカー前でまた捕まって、身元も全部押さえられたよ」

「日紫喜、こっちを見ろ。お前は元の世界に帰るんだ。しっかりしろ！」

「俺が始めたオークションを、奴らは面白がってさ。どんどん値を吊り上げたあげく、落札した奴を脅して金を巻き上げるんだ。俺はあいつらが見つけてきた客と悪趣味なプレイをさせられるか、また輪姦されてそれを撮られてた」

日紫喜が高笑いして喉を反らせると、痛々しい吸い痕が目立った。そこにも糸が這い上がっていく。大蜘蛛の吐く糸と詞葉が放つ紙の刃は、目まぐるしく攻防を繰り広げていたが、詞葉が少しずつ押されるようになるにつれて、日紫喜を覆う糸の範囲も広がっていった。

防戦一方になった詞葉の右手にも、見る見るうちに糸が巻き付いていく。

「詞葉！」

清良は無我夢中で駆け寄り、詞葉を縛っているものを必死で切り払う。

ガラスを擦《こす》るような、不快な声が響き渡った。清良が邪魔をしたことに大蜘蛛が怒っているのだ。盾を構えるタイミングが僅《わず》かに遅れ、しまった、と思ったが、詞葉が刃の付いた紙片を飛ばして、糸に捕まるぎりぎりのところで救ってくれた。

日紫喜は甲高い声で笑っていたが、急に呼吸が苦しくなったように喉を押さえた。細い両手首に残る痕を覆い隠すように、白い糸が何重にも巻き付いていく。

「……もう、俺は駄目だよ。帰ったって、この先ろくなことはないとわかってる。ビデオを山程撮られたし。ずっと微熱が下がらないんだ。こんな半分腐りかけの体を引きずりながら、お前らの前じゃ優等生面してたんだぜ。笑えるだろ？」

（確かに、日紫喜のしたことは愚かだった。でも、こんな目にあっていいはずがない。酷い奴らから奪われ、蝕《むしば》まれ続けていいはずがない）

苦しかっただろう。辛《つら》かっただろう。たった一人で、そんな悪夢に巻き込まれて、恐ろしかっただろう。

喉が痛い。目の裏が熱い。

ふいに、日紫喜の意識がこちらへ戻って来た。清良を見て、不思議そうに首を傾《かし》げる。

「なんで清良が泣くの？」

「哀《かな》しいからだよ！　おかしくもないのに笑うなよ。もう駄目だなんて諦めるなよ。そんなになる程苦しいのなら、門倉に自分の気持ちを伝えればいいじゃないか！」

「冗談。自爆して、俺にとっての最後の砦《とりで》まで滅茶苦茶にしろって言うの？　縋《すが》るような目をした矢敷《やしき》を無視するあいつの横顔を、今でも覚えてる。あんな扱いをされたら、生きていられない。俺が負けなしだったのは、自分が勝てないフィールドに引っ張り込まれないようにしていたからだ。勝算のない博打《ばくち》は打たないからだよ」

「気持ちを抑え過ぎたせいで、心の空隙につけ込まれて地獄に引きずり込まれ、既に滅茶苦茶になりかけているのが、今のお前ではないのか？」

痛いところを衝かれて、日紫喜は詞葉をぐっと睨みつける。

「俺は、自分がしたいようにしたツケを今払ってる。俺のことなんか何も知らないくせに、上から決めつけるようなこと言わないでくれる？」

清良はもう、痛々しくて見ていられなかった。

「したいようにしてる奴が、どうしてそんなに途方に暮れた顔してるんだよ。辛いなら辛いって言え。助けてほしいなら助けてって言えよ」

「今はもう何も考えたくない。くたくたなんだ。もうほっといてくれよ。周《ちかし》にこんな汚れた奴だって知られるぐらいなら、今のままでいる方が何百倍もましなんだよ！」

日紫喜は子供のように座り込み、白い糸に巻かれた膝《ひざ》を抱えた。

この世界にも、恐怖と秘密と自己嫌悪の臭いが充満している、と清良は思った。

「今のままでなんかいられないんだよ。戦わずにいれば、どんどん状況は悪くなる。ずっと隠し通すことなんてできないよ。助けを求めて力を借りよう。本当にこのまま終わっていいのか。門倉は、お前があいつにそうしたように、お前の病室に毎日通ってるんだぞ」

「周が？」

日紫喜が膝から顔を上げた。その顔が、泣き出しそうに歪《ゆが》む。

「……馬鹿じゃないの。俺とは違って、あいつには柔道もあるのに。何やってんだよ」

清良が日紫喜と話している間にも、詞葉は紙片で何十枚もの盾を作り、巨大蜘蛛をぐるりと囲い込んでいた。隙間《すきま》から粘糸が溢《あふ》れ出てくるたび、それを切り払っていく。さっきまで防戦一方だったのが、じりじりと押し返しつつあるようだった。

また一本、糸を切り払いながら、詞葉が清良に指示を飛ばす。

「蜘蛛の力は、少年がカオスに引き込まれれば増大し、理性を取り戻せば減退する。今だ、清良。彼の意識を現実に引き戻せ！」

「戦え、日紫喜。勝負では負けなしなんだろ。勝機は作るものじゃないのかよ。泣き言を並べてないで男を見せろよ、大馬鹿野郎！」

（お前をこんなところで朽《く》ちさせてたまるか。クソみたいな奴らに仕返しもできないまま、お前を諦めてたまるかよ）

日紫喜が激しくもがき始めた。体を捩《よじ》り、足を蹴《け》り、雁字《がんじ》搦めに自分を搦めとっている糸を引きちぎっていく。清良もレイピアを振るって精一杯援護した。

細い首に筋を浮かせ、渾身《こんしん》の力を込めて日紫喜が戦っている。ついに蜘蛛の糸の拘束から逃れた時、日紫喜のウィッグは外れ、靴は脱げ、ドレスは引き裂けてしまっていた。美女ぶりは跡形もなく、まるで死にかけた蛾《が》のようなありさまだったが、どろどろに汚れた顔には既に理性が戻っていた。

大蜘蛛から、怒りの大音声が轟《とどろ》いた。詞葉が作った盾の守りを踏み越えて、日紫喜と清良に向かって猛然《もうぜん》と突進してくる。

「させるか！」

紙片から浮きあがった活字が矢となり、一方向めがけて一斉に飛び出して行く。矢は連なって一本の銛《もり》へと変わった。詞葉はそれをつかみとるなり、そのまま高く跳躍し、漆黒の銛を蜘蛛の頭へと突き立てた。

鼓膜が破れそうな絶叫が、空間に鳴り渡る。

巨大蜘蛛は一撃を受けた頭頂の穴に向かって溶け崩れ、銛の突き立った地面へと吸い込まれて、消えた。

辺りから濃霧が消え、舞台装置のような室内風景が戻ってくる。

「……泣き言だとか大馬鹿野郎だとか、散々言いやがって」

「あ、う、ごめん」

思わず謝ると、「なに謝ってんだよ」と笑う。ぼろきれと化したドレスを脱ぎ捨てて立ち上がった日紫喜は、幾分憔悴《しょうすい》してはいたが、普段通りの彼だった。

「日紫喜に一つ聞きたいことがあるんだけど、どうして『騙し絵の森』だったんだ？」

「なんでかな。女優だった過去の栄光にすがって、落ちぶれた現実を直視することが怖くて、どんどん身を持ち崩していったヒロインと、自分を重ねていたのかも」

「そっか。あのさ。澤居先生なら、きっと力になってくれると思う。できるだけ学校ばれも防ぎたいって言ってくれてたし。俺もついてるから」

「……うん」

「門倉に告白はしないのか？」

「しないよ。俺にとって、あいつは汚しちゃいけない一番綺麗なものだ。俺みたいに汚れきった奴が、そんなことできるわけない」

門倉だって綺麗なばかりではなく、欲望も悔いも恥も抱えて生きている普通の男だということを、清良は知っている。でも、門倉が隠していることを清良が勝手に話していいとは思えない。たとえ現実世界に戻った日紫喜が、この世界でのことを忘れてしまうのだとしても。

（門倉が日紫喜の身に起こったことを知ったら、凄く哀しむだろうし怒るだろうけど、日紫喜が汚れてるなんて言わない気がするけどな。それに、あいつ結構流されやすいから、日紫喜が本気と色気を出せば、案外ちょろいような気もするし……）

もどかしく思いながら、友人の伏せた睫毛《まつげ》を黙って見守っていると、日紫喜は顔を上げてにやっと笑った。

「けど、ちょっとずつ小出しにして、あいつの反応見るぐらいはしてみようかな。ほら、俺って勝算のない博打は打たない主義だから」

「うん。それがいいよ」

きっと空元気が九割の笑顔を最後に、日紫喜の姿がふっと消えた。門倉のケースと同様に、今頃は病室のベッドへと帰還していることだろう。

その時、視界の隅を何者かがよぎった。部屋の隅の薄暗がりに、ジャージ姿の少年が後ろ向きに立っている。清良は息を飲んだ。

「耀流《あかる》」

不自然な動きで首が回り、耀流がまともにこちらを向いた。眼球があるべき場所には、真っ暗な穴があるばかりだ。

「人殺し」

耀流が清良に向けてサッカーボールを蹴った。ボールは瑠璃《るり》色の欠片に変わり、胸の奥へと突き刺さっていく。

視界が大きく回転し、清良はまた過去の記憶の中へと吸い込まれていった。

辺りは異様な気配に満ちていた。

ここが自宅だということはわかるのだが、視界が波打ち、半透明の浮遊物が絶えず流れ落ちて行く。これまで見てきた過去のビジョンがクリアだったのは、詞葉が綺麗に不純物を取り除いてくれていたからなのだろう。

清良のすぐ傍を通って、耀流が階段を上って行く。こちらの姿は見えていないようだった。清良によく似ているが、日に灼《や》けて幾分幼く見える顔を、今は思いつめたように強張《こわば》らせている。二階にあるのは、耀流と清良、それぞれの個室だ。耀流の後を追って階段を上る。

耀流は扉の前に立ち、「兄さん」と硬い声で呼びかけた。

「いつまでそうしてるつもりなんだよ。そうやって閉じこもって、嫌なことを全部避けてたって、何も変わらないだろ」

扉の中には当時の清良がいるはずだが、返事はない。耀流は次第に激してきたようで、強く扉を叩いた。

「出て来いよ！　学校に行け！　どうして他の奴みたいにできないんだよ。母さんはお前の奴隷じゃないんだぞ。どうしていつも俺が割を食わなくちゃいけないんだよ！」

口の中に何かを押し込まれたように、息が苦しくなった。この後何が起こるのか憶《おぼ》えていないはずなのに、指の先がびりびり痺《しび》れる程の確信がある。

この先、きっと怖いことが起きる。

(嫌だ。この先は見たくない)

場面が自室に切り替わり、耀流はまだ先程までの気分を引きずっているのか、むっつりした表情で勉強していた。隣の部屋のドアが開く音がしたが、気に留める様子はない。最近では食事すら自室で摂るようになった兄も、用を足すことぐらいあるからだ。

だが、続いて玄関の扉が閉まる音がした時、耀流ははっとしたように顔を上げた。

「……兄さん?」

時刻は夜の七時。勤めに出ている母親の帰宅時間まで、あと一時間はある。清良が出かけたのだと知って、耀流は不安気な様子で椅子《いす》から立ち上がった。

中学で周りとうまくやれなくなってから、清良はほぼ一日中自室に引きこもっている。その兄が、同級生と出くわす可能性のあるこんな早い時間に出かけるなんて変だ。

室内着に青いパーカーを羽織っただけの格好で、忙《せわ》しなくスニーカーに足を突っ込んでいる細い背中に、清良は必死で呼びかけた。

(行くな。行くな耀流)

だが、引き留める清良の声は、耀流には届かない。

外は叩きつけるような土砂降りだった。耀流は一瞬逡巡《しゅんじゅん》したが、迷いを振り切るように傘を広げ、雨の中に飛び出していく。清良も必死で後を追った。

闇《やみ》に浮かび上がる雨が、空と地面を縫い合わせるピアノ線のようだ。うつむいて歩く耀流の頭の中を占めているものは何だろう。先程兄に投げつけた言葉への後悔だろうか。

すぐ先にはコンビニがある。きっと兄はそこにいるはずだ。それさえ確認できれば、不安は消える。外からちょっと覗くだけ。兄の無事だけ確認したら、気づかれないように立ち去ればいい。

足元に気を取られていた耀流は、耳をつんざく警笛に顔を上げた。ヘッドライトが眩《まぶ》しくて、何も見えない。急ブレーキの禍々《まがまが》しい音が辺りに響き、――そして、世界は暗転した。

次に見えたのは、投げ出された手首と、ひしゃげた傘だった。赤黒く光るものが、路上にどんどん拡がって、雨と混じって流れていく。

清良は絶叫した。

苦しい、息ができない。瞼《まぶた》を閉じることさえ叶《かな》わず、視界がどんどん赤く撓《たわ》んでいく――。


清良が意識を取り戻した時、辺りは既に暗かった。詞葉の体がぼうっと淡く光っていて、その光の助けで、自分が図書塔の小部屋のベッドに横たえられていることを知る。

周囲に点々と光る蛍のような光は、本の精達だ、さっきまで先導を務めてくれた玉響だけでなく、とっくに眠っていたはずの珊瑚や夕星《ゆうづつ》まで、清良を心配そうに覗き込んでいる。

「お前はカオスの中で酷いひきつけを起こして、今まで意識を失っていたのだ。無毒化していない欠片を直《じか》に吸収したのだから、無理もない。止める間もなかった。目覚めたことは幸いだが、守り切れなかった私の責任だ」

「責任なんかあるわけないよ。カオスの中でぶっ倒れた俺を、詞葉がここまで連れ帰ってくれたんだろ。みんなも、心配かけてごめん」

清良の声を聞くと、本の精達は安心したように、各々《おのおの》の本へと戻って行った。

「今、何時だろう」

携帯で時間を確認しようとしてぎょっとした。時刻は深夜の二時台で、母親からの着信履歴が凄いことになっている。急いで家に電話をすると、ワンコールで母が出た。

『清良！　今どこにいるの？　無事なの？』

母の声はほとんど泣き声になっている。随分心配をかけたのだ。日頃、関心を向けてくれないことが多い母だが、心の底にはちゃんと清良への愛情も眠っているのだと、確認できた思いだった。

「ごめんね。うっかり眠っちゃったんだ。今、友達のところ。電車ないし、今夜は泊めてもらうことにしたから」

『泊めていただくの？　それなら、お家の方にご挨拶しなきゃ』

「いいよ。家の人はもう寝てるから。明日はこのまま学校に行って、明日の夜帰るね」

『そう。わかったわ。清良が無事で良かった』

「うん、おやすみなさい」

電話を切ってから少し心配になって、詞葉に「泊まってもいい……?」と問いかけると、優しく頭を撫でてくれた。

「初めてのお泊まりだな」

その夜は、ただ寄り添って眠った。

「今日の欠片は特に重要なものだったようだ。虚も残り四分の一ほどまで小さくなった」

うん、と頷《うなず》きはしたけれど、今の清良は、虚のことなど正直どうでもよかった。

「随分静かだな」

「そうだね。世界に詞葉と俺の二人きりみたいだ」

「静かだと言ったのは、お前のことだ。言うまでもないことだが、耀流の死はお前のせいではないぞ」

「詞葉にも見えてたの?　大丈夫、心配しないで」

そう答えながらも、清良は考えていた。

耀流は、清良を探しに出たせいで事故に遭った。肉親としての情が、兄を追わせたのだ。小さい頃は慕ってくれていて、どこに行く時にも後ろをついてくるような子だった。

でも、耀流の中に最後に残ったのは、きっと清良への恨みだったのだろう。そうでなければ、何度もカオスの中に現れるはずがない。

恨まれても当然だ、と清良は思った。健康で何の咎《とが》もない耀流が死んで、病弱で迷惑ばかりかけていた自分が生き残った。それなのに当の清良は、自分に都合が悪い記憶を綺麗に消してしまっていたのだから。

どうしてこんな大事なことを忘れていられたのだろう。自分の心を守るために、耀流の死の記憶を封印した自分は、耀流を二度殺したも同じだ。

人殺し、と言った耀流の虚ろな声が蘇《よみがえ》る。

(そうだ。俺が耀流を殺した)

耀流を死なせるぐらいなら、自分が死んでいた方がずっとよかった。そうすれば、母も病まず、今も耀流はサッカーボールを追っていただろう。

しばらく詞葉と他愛無い話を交わしただけで、清良はすぐに眠気を感じた。心も体も限界まで酷使して、疲れ切っていたからだ。まどろむ間もなく、急速に温かな泥のような眠りへと落ちていく。

「……何があっても、お前だけは救ってみせる。間に合えばよいのだが」

だから清良は、自分の寝顔に向かって落とされた詞葉の呟きを、聞きとることはできなかった。

日紫喜が学校に復帰するまで、それからさらに二週間を要した。これまでに負った肉体的ダメージが、それだけ大きかったのだ。

清良は、日紫喜が澤居にこれまでの経緯を話す場面に立ち会った。友達に聞かせても大丈夫なのかと気遣った担任教師に対して、日紫喜は言った。

「清良にいてもらいたいって思ったんで。なんとなく。こいつ、口は堅そうだし」

物語の世界でのことを忘れてしまっていても、やはり日紫喜の深層には、何かが刻まれているに違いない。

澤居がどんな魔法を使ったのかわからないが、結果として日紫喜へのお咎めはなかった。補導歴がなく、高校では模範的な生徒だったことから、非行少年としてではなく、被害者として扱われたことが幸いしたのだろう。日紫喜の捜査協力で、彼に性的搾取を行った犯人グループが根こそぎ逮捕されるのも、時間の問題らしい。

「俺の映像データ、今のところネットに拡散とかはされてないっぽい」

日紫喜が少年課の警部から受けた説明によると、犯人グループが根城にしていたマンションから押収されたＰＣに、動画を販売した客先のリストが残っていた。日紫喜の容姿が明らかに十八歳未満であること、演技とは思えない凄惨《せいさん》なレイプの一部始終が映っていることで、おおっぴらに販売することは危険だと判断したのだろう。客は全員、個人のマニアであることも判明していて、現在、動画の販売先を一軒一軒しらみつぶしに当たっており、全て回収できる見通しだということだった。

「たぶん、状況の割にはましに収束した方なんだと思う。退学も勘当も友達ばれも免れたし。でも、携帯は物証として取り上げられるわ、警察は何度も来るわ、親は絶叫するわで、それなりに修羅場ではあったよ。自業自得だけどな。当分はいい子にしておく」

「それがいいと思う」

「……一人でいると、どうしても考える。ある日突然、あいつらが訪ねて来るんじゃないか。警察の捜査に引っかからなかっただけで、本当は俺の動画がダークウェブ辺りで拡散されてて、通りですれ違ったこいつもあの動画を観てるんじゃないかって。相変わらず悪夢も見るし。本当の通常運転になるまで、あとどれぐらいかかるんだろうな」

ぼんやりと病院の窓から外を見る横顔に、彼が受けた傷の深さを垣間見《かいまみ》た思いでいると、日紫喜は清良をふり返って笑った。

「清良って不思議だよな。なんでお前には、こんなことまでしゃべっちゃうんだろ」

（それは間違いなく、本の世界の中でのことがあったからだろうな）

清良は「俺で良かったら、いつでも聞くよ」と答えた。

事件の顛末《てんまつ》が生徒に漏れることもなく、表面上は何事もなかったかのように、日紫喜は再び学校に通い始めた。

一つ変化があったとすれば、門倉が日紫喜と登下校を共にするようになったことぐらいだろうか。

門倉は病室に日参していたから、日紫喜の周辺に警察が出入りしていたことにも、当然ながら気づいてしまった。そこから、友人がどうやら危ない目にあったらしいと察したらしく、ボディガードを申し出たようだ。

「日紫喜は、変態から特に目を付けられやすそうな容姿をしているからな」

要は、際立った美少年だと言っているも同然なのだが、門倉にその自覚はない。

根っからの長男気質で、庇護《ひご》対象認定した相手には格段に甘く、口数が少ない割に、無自覚で殺し文句をさらっと投下してくる。やたらと男にもてるのは、鍛え抜かれた肉体だけが理由ではなさそうだ、と清良は思う。

そういうわけで、近頃の日紫喜は、勉強したり音楽を聴いたりしながら、門倉の部活が終わるのを待っている。その姿を見かけるたびに、清良はちょっぴり幸福な気分になる。告白だとか交際だとか、一足飛びにそういうことにはならなかったとしても、きっと今の日紫喜は、「心を殺したい」などとは思っていないはずだからだ。

軽く頭に何かが触れる感触に驚いて、清良は目を覚ました。

英語のテキストを読みながら教室の中を歩いていた澤居が、通り過ぎざまにさりげなく起こしてくれたのだと気づく。最近、こういうことが増えた。

「清良ちゃん、だいじょぶ？　最近調子悪そうだね」

休み時間になると、丹色が心配して声をかけてきた。

「ありがとう。でも、やたらに眠いだけだから平気だよ。夜もちゃんと寝てるんだけど」

日紫喜の問題が収束に向かうのと入れ替わるようにして、最近の清良を悩ませているのが、この強烈な眠気だ。『騙し絵の森』の中に入って以来、ところかまわず抵抗できない眠気に襲われるようになった。

（あれ。これって、詞葉と会う前の俺みたい？　いや、その頃より酷くなってるかも）

授業中は必ず眠ってしまうし、電車で乗り過ごしてしまうこともたびたびあった。朝礼中に立ったまま眠ってよろけてしまったこともある。大好きな読書でさえ、気がつくと寝落ちしていて、一向にページが進まない。

詞葉はこれも虚の影響だと言う。

「おそらく、残る虚の持つ負の力が大き過ぎるのだ。虚が発生する大元になった最大の欠片がどこかにあるはずで、それを見つけないことには、いくら細片を集めてもこれ以上はどうしようもない。このままではまずいな」

　まずいと言うのは、ずっと順調だった「修復作業」が、ここに来て暗礁に乗り上げているからだ。めぼしい本には片っ端から潜入してみたのに、詞葉が探している一番重要な清良の欠片が見つからないのだ。

　晩秋に入り、ほとんどの本が運び出されてしまった図書塔は、随分がらんとした有様になってしまっていた。残っているのは、詞葉が言うところの「死んだ」本、本としての寿命を終えた、処分待ちの古い本ばかりだ。

「この本《こ》達にも、皆と一緒に行くべきだと言ったのだが、残ると言って聞かなくてな」

　詞葉にまとわりついてはしゃいでいるのは、珊瑚、夕星、玉響のちびっこトリオだ。彼らが詞葉から離れたがらないので、彼らの宿る三冊の本だけは、隠し扉の中に移されて、今もここにある。

　珊瑚の言葉は依然として聞き取れないし、夕星に至っては声そのものを聞いたことがないけれど、みんな清良に懐いていて欠片探しにも協力してくれる、可愛い連中だ。

　行き先を先導し、本の扉を開いてくれる本の精の協力なしに、欠片探しはできなかっただろう。でも、そういう役目を抜きにしても、清良は彼らのことがとても好きだった。他の本達と一緒に倉庫に移されていたら、今頃会えなくなっていただろうから、そうならずに済んでよかったと思う。

「でもさ。本がないんじゃ、欠片探しは休むしかないよね？」

何の気なしに洗面台の鏡を覗き込むと、にゅっと腕が出てきて、清良の頬を引っ張った。

「ぎゃーっ！」

「うるっせえな、このボケナスが」

容姿だけは端麗な妖が、オーロラ色の髪を煌めかせながら、お馴染みとなった悪態をつく。

「なんで弄月がこの鏡の中にいるの……？」

「弄月が棲んでいた鏡は、新図書館のために運び出されたのだ。この子もまた、ここから移りたくないと言って聞かないのでな」

「多少狭っ苦しいけどよ。まあ、気分を変えてみるってのもたまにはいいかと思ってな」

「鏡を移動したりできるんだ」

「おうよ。俺ぐらい力のある妖なら、鏡じゃなくても鏡面であれば移れるぜ」

ドヤ顔でそう言って、清良のブレザーの校章へと飛び込んでくる。鐘の文様が彫り込まれた校章は、ギラギラ光って巨大なことで、生徒からの評判はとても悪い。

「なんて言うか、思ったよりお手軽だね？」

「何だと！　ふざけんな、これがどれ程凄えことか、てめえにゃわかんねえのか、このおたんこなす！」

弄月と言い合っていると、詞葉が言った。

「図書塔の本で心当たりのあるものは浚《さら》ってしまったし、他に可能性があるのは、ここになかった本だけだ。お前の身近な場所に、お前と耀流の愛読書だった本はないか？」

「俺と耀流の？」

「これまでカオスから見つけた欠片には、全てお前の家族の記憶、それも耀流の死から起因した思いが封じ込められていた。お前が耀流と一緒に読んだ本、話題にした本はないか」

そう言われても、本好きな清良とは違い、耀流が本を読んでいるところなど見たことがない。

「もう時間がないのだ。図書塔の取り壊しも近いし、このままだと、お前は手がかりもないまま永遠に目覚めなくなってしまう。ここにはなかった児童書や、絵本でもいい」

詞葉の顔は怖いぐらいに真剣だ。児童書、と聞いて閃《ひらめ》いた本がある。

「……思い当たるのは、一冊だけ。明日、家から持ってくるよ」

耀流の部屋に入るのは、随分久しぶりだった。

本で埋め尽くされた清良の部屋とは違い、壁には憧《あこが》れていたサッカー選手のポスターが貼られ、戦績を誇るトロフィーや賞状が飾られている。

目当ての本はすぐに見つかった。ノルデンフェルトの『イラマラート』だ。確か、まだ耀流が小学生だった頃、読書感想文の宿題に困った耀流に泣きつかれて、これがいいだろうと清良が貸し与えたものだった。

この物語は、初めての戦に臆《おく》する植物好きの弟を、強い戦士として既に名高い兄が救おうとして命を落とす場面から始まる。偉大な兄が死んで役立たずの弟が生き残ったことを村の皆に責められ、行き場をなくした弟は、ある朝目覚めた時、自分が兄弟の遊びの中で生まれた国「イラマラート」にいることを知る。強さだけが重んじられた村とは違って、イラマラートでは植物の知識が価値を持つ。死んだはずの兄とも再会でき、素晴らしい世界に来られたと喜ぶ兄弟だが、やがてこの国の抱える恐ろしい秘密を知り、二人は生き抜くための闘争へと巻き込まれていく。

兄弟愛と死、二人に課せられた過酷な試練を描いたストーリー。考えてみれば符丁が合い過ぎていて怖い程だ。

翌日、詞葉は一目見ただけで、「この本だ」と言った。

「うまくすれば、修復作業が今夜で終わる。だが、その回収が危険であることは想像に難くない。覚悟はできているか？」

この本の中に潜るのは、とても怖い。

『騙し絵の森』の世界の中で欠片が見せた光景が、結構なトラウマになっている。あれ以上インパクトのある事実を思い出させられたら、自分の精神がもつのか自信はない。

でも、清良が大事な事実を忘れたままでいては、いつまでも耀流は浮かばれないままだ。正直、自分の虚のことなどより、清良にとっては「耀流を見つける」ことの方が重要だった。もう逃げない。受け止めきれない程辛い事実に出会って、たとえそのせいで自分が壊れてしまうのだとしても、今度は逃げずに最後まで踏みとどまってみせる。

「覚悟ならできてる」

今日の先導役は珊瑚だ。小さな体でいろいろなジェスチャーをしながら、小鳥の囀《さえず》りめいた声で一生懸命話しかけてくる。わからなくてごめんな、と言おうとした清良の耳に、珊瑚の発した言葉の破片が落ちてくる。

「キヨラ、ガンバレ」

「珊瑚、俺に頑張れって言った？」

珊瑚は全身で頷くと、嬉しくてたまらないというように、清良の周りをくるくる回る。珊瑚の言葉を初めて聞き取ることができたのは、とても幸先《さいさき》がいいことのように思われた。

「珊瑚、ありがとう。これを最後の旅にできるように、俺、頑張るよ」

物語の世界は、兄弟の死という悲嘆に満ちた冒頭から一転して、転生世界での冒険譚《たん》へと移っていく。

転生した先は、目にも鮮やかな美しい谷であったはずが、今は壁のような濃霧に覆い尽くされている。

澄んだ明るさの底に、残酷な世界と対峙する痛みと哀切な感情が常に流れ続けているようなこの物語を、耀流はとても気に入っていた。わざわざ清良の部屋に来て兄のベッドに寝転がり、この本を開きながら耀流は言ったものだ。

——俺達も死んだら転生できるかな？

「清良、あれを見ろ」

詞葉に促されて、清良が霧の中に目を凝らすと、青いパーカーを着た少年の背中が霧の中に浮かんでいる。

「耀流！　待って！　耀流っ」

少年が走り出したので、清良も追った。追いついて、必死で手を伸ばす。

「待て、彼に触れるな！」

詞葉の抑止が届いた時にはもう、細い手首をつかんでいた。その途端、世界が反転した。


清良は、自宅のダイニングで母と向かい合っていた。

食卓には、食べきれないぐらいの料理が並んでいる。耀流の死後、台所に立つことのなか

った母が、久しぶりに自分のために腕を振るってくれたことが、とても嬉しい。

早速好物に箸《はし》を伸ばすと、母は怪訝《けげん》そうに首を傾げた。

「あら、どうしたの？　唐揚げもグラタンもハンバーグも、耀流の好物だったでしょう。脂っこいものは胸やけがするって、いつも手をつけないじゃないの。これは耀流のために作ったのよ。清良には、はい、これ」

美遥《みはる》はカレイの煮つけときゅうりの酢の物を清良の前に置いた。

違うよ、と言おうとして顔を上げた清良は、母の目とぶつかってぞっとした。こちらを見ているようで見ていないビー玉の目。

体のどこかに穴が開いて、力が抜けていくようだ。耀流のための食器が並んだテーブルを見ていたら、急に自信がなくなって、唐揚げにもグラタンにも箸をつけられなくなる。自分のことなのに、母親からそう言われると、そうだったかもしれない、という気がしてきた。

（だってほら、煮つけだってこんなに美味《おい》しいし）

骨のある魚を食べるのが下手な清良は、三分の一程食べたところで力尽きて、食事をやめてしまった。

ふっと空間がぶれたかと思うと、清良は着替えを済ませて二階から降りてくるところだった。空気の冷たさと、ウィンドブレーカーの上下を身に着けていることから、中学のサッカー部の朝練に行くところだとわかる。

こっそり出て行くつもりだったのに、追いかけてきた母に玄関で捕まってしまう。

「何してるの！」

「何って、朝練」

「耀流の真似をすることないでしょ。清良は体が弱いんだから、こんな朝早く外に出ちゃ駄目よ。そうだ、清良が好きな雑誌を買っておいたわよ」

と言って文芸雑誌を手渡される。最近はずっとこんな調子だ。だから見つからないようにそっと出て行こうとしていたのに。

「何言ってるの、母さん。これは兄さんの好きだった雑誌じゃないか。本好きだったのは兄さんで、俺はサッカー……」

その時、母の顔に起こった劇的な変化は、清良に強い衝撃を与えた。まるで見知らぬ子供を見るような目をしていた顔が、般若《はんにゃ》の面のような恐ろしい形相に変わったのだ。

「やめて！　耀流が死んでから、貴方おかしいわよ。何かというと弟の真似ばかりして。そんな悪ふざけをして、わたしを苦しめて、そんなに楽しいの？」

両眼はカッと見開かれ、口は左右に引き裂けそうだ。何が母をそんなに興奮させているのかもわからないまま、清良は動揺して「ごめんなさい」と言ってしまう。

「わかればいいのよ」

母は清良の手からスポーツバッグを取り上げてしまった。これでもう、朝練に行くことはできない。

「それより清良、最近眼鏡をかけていないのね。なくしてしまったんだったら、新しく買ってあげなくちゃね」

眼鏡？　自分は眼鏡なんてかけていただろうか。本の虫だった兄とは違い、視力は良かったはずなのに。でもそんなことを言ったら、きっとまた母は取り乱すに違いない。

「大丈夫だよ。自分で買いに行けるから」

「これはここに置いておきましょう。耀流があちらでもサッカーをしていたらいいわねえ」

母が清良のサッカーボールを仏壇の前に置いた。いや、耀流のだろうか？　だって母親がこんなに確信を込めてしゃべっている。母親が兄弟を取り違えることなんて、あるわけないのだから。

（そうだ。俺、どうかしてた。俺が兄で、耀流は弟だったんだ。サッカー好きで元気だったのも、母をよく笑わせていたのも、唐揚げが大好物だったのも、みんな耀流――）

せっかく何かをつかみかけていたのに、誰かが両肩を揺さぶってくるのが、酷く鬱陶《うっとう》しい。耳元で「清良！」と叫び続ける整った顔、食い入るように見つめてくるエメラルド色の瞳《ひとみ》。

こいつは誰だ？

「聴け、清良。全ての齟齬《そご》、自己欺瞞《ぎまん》、虚の発生源がここにある。死んだ耀流はお前の弟ではない。お前の兄だ」

何を言っているんだ。そんな戯言《ざれごと》は聞きたくない。自分がこうしてさえいればうまくいく。怖いことから目を背けていられる。黙れ、黙れ、黙れ！


また場面が変わった。今度は中学の教室のようで、クラスメイトが話しかけてくる。

「青海《おうみ》、なんでサッカー部辞めちゃったんだよ。お前上手《うま》いのに」

「サッカーなんてしてない」

清良は机に向かって本を開いたが、背後から囁《ささや》き交わす声が嫌でも耳に入ってくる。

「構うなよ。あいつ最近変なんだ」

「青海って、兄弟が死んだんだろ。あいつの母ちゃんもおかしいって、うちのおかんが言ってたわ。まるで死んだのが兄貴の方じゃなくて、青海だと思ってるみたいだったってさ」

「こっわ。何だそれ」

清良は目の前の活字に意識を集中し、ノイズをシャットアウトしようとした。

物語の世界へ上手にダイブできれば、こんな忌々しい場所から遥か彼方《かなた》へ、何万光年先までだって行ける。本を持ってきていてよかった。そうだ、自分には本さえあればいい。本の世界は自分に何も求めてこないし、自分を傷つけたりしないのだから。

「しっかりしろ、清良！　お前がこれまでずっとカオスの中で見てきたのは、耀流ではなく、お前自身だったんだ！」

抱き締めようとする腕をふり払った。またこの男か。やっとパズルのピースが綺麗に嵌《は》まったところなのに。どうかもう放っておいて欲しい。

膝《ひざ》の下に誰かが取り縋って泣いている。まだ五歳ぐらいの、幼い耀流だ。

「ずっとここで、俺を待ってたんだよな。お前を死なせてごめん。長い間独りにしてごめんな。もう大丈夫だよ。俺も一緒に行ってやるから」

耀流が嬉し気に顔をほころばせる。耀流に引かれるまま、ずるずると泥の中に引き込まれていきながら、許された、という安堵《あんど》と幸福だけがあった。

（これで、やっと終わりにできる）

「清良！」

男が、懸命に清良を引き戻そうとしている。思わず見上げた顔に、強い既視感を覚えた。

（俺、どこかでこの人に会ったことがあるのか？）

碧《みどり》色の瞳は深い森の奥の湖のようで、黒髪を乱して清良を守ろうとする姿は、まるでお伽噺《とぎばなし》の騎士のようだ。これ程美しい顔なら、一度見たら忘れるはずもないのに。

どうしてこの男は、見も知らぬ自分のために、こんなに必死な顔をしているんだろう。この男の顔を見つめていると、何故か切ないような感情で胸が痛くなる。見つめていると苦しいから、目をそらしてしまいたいのに、どうしてもそらすことができない。

「清良。お前は耀流を死に追いやってなどいない。お前はお前の自我を殺したのだ」

ごく薄い刃を差し込まれたように、その言葉を放たれた瞬間は、痛みを感じなかった。時間差で衝撃波が来る。不協和音が脳の中で際限なく膨れ上がっていき、細胞の一つ一つにまで毒が回っていくように、脈を打つたび全身に激痛が走る。

「ぐはっ……、げほっ、げえっ」

明け方の空のような色の翅《はね》をした小さな妖精が、清良の周りを飛び回りながら、ガンバレ、と言っているように聞こえる。

(そうだ。俺、頑張るって約束した。でも、誰と約束したんだっけ?)

「苦しいだろう。これがお前の最後のピースだ」

男と触れている部分だけ、痛みが和らぐような気がした。痛みに喘《あえ》ぎながらも、清良はようやく見つけた糸の端を手繰《たぐ》り寄せようとする。

「……サッカーが好きで、母さんの作る唐揚げが大好物だったのは?」

「清良、それはお前だ」

「病弱な兄さんを恨んで、あの日、酷い言葉を投げつけたのは？」

「それもお前だ」

「……ああ。あああああ！」

今まで現実だと思い込んでいた目の前の景色が、べろりと捲《めく》れていく。無理に嵌め込んだピースが無残に剝《は》がれ落ち、パズルが崩壊していくのを止められない。

耀流が兄で、清良は弟だった。本好きだったのは耀流で、清良はサッカーが好きだった。自分が殺したのは、自分自身。自分が自分であるということ。人殺しと言って清良を詰《なじ》ったのも、殺された自分自身だったのだ。

それではあの日、兄を詰ったのは自分ということになる。清良が酷い言葉で傷つけたから、耀流は雨の中を飛び出して行った。それなら、やはり耀流を殺したのは清良ではないか。

事故だと思っていた死は、本当は自殺だったのではないだろうか。

母は、耀流の代わりに清良が死ねばよかったのにと思い詰めた挙句、母の世界を歪めてしまったのではないか。

耀流が弟だと信じ込んでいた時よりなお悪い。こんな真実はとても受け止められない。

「清良。俺と行くんじゃなかったの？」

自分の下半身に取り縋っている耀流、いや、耀流だと思い込んでいたものの両眼が落ち窪《くぼ》み、眼球が落ちた。泥のようにその体が崩れ、白く波立つ肉塊になる。全身から突き出た手が、一斉に清良に襲い掛かってきた。

「逃ガスモノカ。オ前ハ我ラノ獲物ダ！」

男が清良を腕の中に抱き込んで、白い塊の攻撃から守ろうとする。見れば、美しい額からも、袖《そで》が引きちぎられて剝《む》き出しになった腕からも、血を流している。

男が怪我《けが》をしていることに気づいて、頭を殴られたようになった。この男が傷つくことには、耐えられない。男が誰だか思い出せないのに、温かな胸の感触には確かに覚えがある。

(俺は、この男をよく知っている。これは俺の大切なひと。何度も俺を守ってくれたひと。自分の命より大切な、この世の誰よりも大好きなひとだ)

男を見つめていた清良の瞳孔が開いた。

「……詞葉？」

「ようやく戻ってきてくれたな」

「詞葉っ、詞葉！　大丈夫？　ごめんね。俺のせいで怪我したんだね……、ごめんっ、ごめん……！」

カオスに飲み込まれかけていたとはいえ、最愛のひとをどうして束《つか》の間でも忘れることができたのだろう。自分のせいで詞葉が傷ついたことが哀しくて怖くて、涙が溢れた。

「泣くな。私なら大丈夫だ。だが、今の私に使える力は、残ってくれた玉響達の力だけ、千に満たない守りの盾とこの細い剣のみだ」

空間を満たす霧全体が、今、牙《きば》を剝いて襲い掛かってこようとしていた。蛇のようにうねる無数の触手を、紙の盾で防ぎ、剣で切り伏せているものの、圧倒的な数の差はどうしようもない。清良が正気を失っている間に、戦況は絶望的になっていた。

「だっせえなお前ら！　やっぱり俺がいねえと駄目だな！」

清良の胸元から、光の塊のようなものが飛び出してきた。鏡の弄月だ。

「どうして弄月がここにいるの？　ずっと校章に潜ってたの？」

「お前らしょぼ過ぎだから、運動がてらに俺が助太刀してやんよ！」

いつも意地悪ばかりの弄月が、自分達を助けるために、こっそりついてきてくれたのだと知って、清良の胸はいっぱいになった。

「ありがとう！　弄月、大好きだよ！」

「ばっ、……そんな寝言は勝ってから言えってんだ！」

弄月が清良達の周囲を走り始めた。スピードがぐんぐん上がっていき、やがて詞葉と清良の周りには、鏡のように光を反射するドームができた。濃霧から伸びた触手が、ドームに触れた先から切り落とされていく。

敵がたじろいだ隙を見逃さず、一気に攻撃に転じた。盾だった紙片は一枚残らず刃のついたチャクラムへと変わり、唸《うな》りを上げて周囲の霧を切り裂いていく。

果てがないような長い絶叫が、空間を打った。

胸が悪くなる程耳障りなのに、酷く哀しい声だった。カオスの中に漲《みなぎ》っていた恐怖と孤独と己への憎しみは、清良が長らく押し込めていた感情と同質のものだ。

悲鳴の余韻が消えた時には、霧はすっかり晴れて、周囲は桜の咲き乱れる美しい谷の風景へと変わっていた。

「この世界にとって異物である人間がここにいる限り、カオスは何度でも襲ってくるだろう。さあ、清良。お前の欠片を連れ帰って、早くここから脱出するのだ」

清良は、足元にうずくまった小さな自分自身を見下ろした。打ちひしがれたように地面に視線を落としている子供に向かって手を伸ばす。

「長い間、お前にだけ苦しみを背負わせていて済まなかったな。これからは、俺が背負う。だから、帰っておいで」

子供は泣き顔で走り寄ってきて、清良に抱き着いた。子供が自分の中に吸い込まれて一体化すると、胸の深い場所がじわりと温かくなった。そうなって初めて、そこがずっと凍っていたのだと知る。

全ての記憶を取り戻し、欠けていた自分の一部を取り戻せたのに、深い哀しみが消えない。冷凍保存されていた自責の念が、たった今兄を喪《うしな》ったばかりであるかのように、清良を追いつめようとする。

母親の関心を奪う兄が憎かった。退屈さも寂しさも周囲の陰口も、自分が味わう不遇はみんな兄のせいだと思っていた。

憎くて、妬《ねた》ましくて、疎《うと》ましくて、それでも大好きだった。

心の底では、耀流を深く愛していた。生きていてほしかった。本気で死ねと思ったことなど一度もなかった。

それなのに、酷いことを言って傷つけたまま、逝《い》かせてしまった。

「耀流……っ、耀流……！」

自分への憎悪で焼き切れてしまいそうだ。

あの日からずっと死にたかった。こんなに苦しいなら、悲嘆のあまり病んだ母の傍で何もできずにいるぐらいなら、耀流の代わりに、自分が死んだ方がずっとよかったと思っていた。

耀流に会いたい。せめて一言、謝ることが許されたなら。でも、それもエゴなのか。こんな痛みを抱えたまま、生きていけるのだろうか。

『清良、もう泣かないで。本当にお前は泣き虫なんだから』

いつの間にか、ほっそりした姿が傍に立っていた。

清良によく似ているが、清良より少し面長で寂しげな顔立ちは、確かに兄の耀流だ。

「耀流、耀流っ！」

三年ぶりに再会した耀流に抱き着いて、清良は号泣した。言いたいことが山程あるのに、嗚咽《おえつ》が止まらない。

「耀流、……うぅ、うっ」

『清良が俺より一つ年上になったなんて、変な感じだ。あの日、渡せなかったこれを、ようやく渡せるね』

そう言って、耀流が清良の掌に、丸いものを落とした。ガシャポンのカプセルで、開けてみると、当時清良が集めていたアニメのアクリルキーホルダーが入っている。それもレアカラーで、何度挑戦しても手に入らないと耀流にぼやいたことがあった。

『ずっと情けない兄だったから、お前の前でちょっとはいい恰好《かっこう》したかったんだ。お前のために頑張ったんだぞって』

(兄さんが外に出たのは、俺にこれを取ってくれるためだったのか)

このガシャがあったのは、コンビニよりも遠い駄菓子屋の前だ。わざわざあの雨の中、レアカラーが出るまで何回もコインを入れている耀流を想像したら、泣けて泣けて仕方がなかった。

(兄さんは、自殺じゃなかったんだ)

「……めんなさい……ごめんなさ……」

『僕もお前に謝りたかった。俺がこんなだから我慢ばかりさせて、済まないとずっと思ってた』

そんなことないと首を左右に振ると、わかってるよ、という風に耀流は笑った。

『それと同じくらい、健康なお前が妬ましくて憎らしかったよ。俺だって、さぼっていたわけじゃなかったんだ。行けるものなら普通の奴みたいに学校に行って、お前や母さんを喜ばせたかったよ』

「知っ、……ってる」

しゃくりあげるたびに声が途切れて、上手く言葉にならない。

本当はそんなこと、ちゃんとわかってた。

兄の部屋から聞こえてくる押し殺した叫び声。殴られた壁の凹み。普通でありたくてもそうできないままならなさに、誰よりも苦しんでいたのは兄自身だった。

わかっていたから、ずっと我慢して言わずにいた言葉を、あの日、とうとう苛立ち任せに一方的に投げつけてしまった。

それが耀流にかけた最後の言葉になってしまったことを、悔いて悔いて、とても耐え切れなくて、死んだのは弟である自分の方だという母の暗示に堕《お》ちてしまったのだ。

『それからね。母さんは、死んだのがお前じゃなく俺だと知った時、ほんの一瞬だけほっとした自分を、ずっと許せずにいるんだ。健康な方の子が死んだという罰を、自分に与え続けなければいられないぐらいに。母さんにもいつか立ち直ってほしいと思うよ』

耀流が、清良の苦しみを全て取り除いて、今度こそ永遠に去って行こうとしていることを感じた。

『お前はもう小さな子供ではないけれど、大人でもない。抱えきれないものは抱えきれないと言って、誰か大人を頼るんだ。お前はずっと母さんと僕の光だった。その光を、もっともっと明るく輝かせて、今度こそお前自身を照らすんだよ』

腕の中の手応えが消え、兄の姿が薄れていく。

「耀流。逝かないで」

『お前は言ってくれたね。俺達も死んだら転生できるかなって。清良。大事な可愛い、僕の自慢の弟。次の世界で待ってるよ』

耀流が消えた後には、ただうららかな春の日差しの中で、淡いピンクの花弁が舞っているばかりだった。

(耀流はずっとここで待ってたんだ。俺を救うために。ちゃんとさようならを言うために)

どんなに泣いても、もう耀流は帰ってこない。

ならば、生きよう。次に会えた時に土産《みやげ》話が尽きないように、自分のやりたいことと耀流のやりたかったことを、ひとつ残らずやってみせよう。

(きっと行くのは随分先になっちゃうと思うけど。次の世界で会えるまで、俺、精一杯頑張るから)

涙を拭《ふ》いた清良の背に、詞葉が掌を添えた。

「さあ、我々も元ある場所へ帰ろう」

図書塔に戻って一番最初に清良がしたことは、詞葉の傷を点検することだった。負傷している上にだいぶ消耗している様子だが、倒れるほどではなかったことに、ひとまず安堵する。

「傷は休めば治るのだから、そんなに気に病むことはないのに」

「スーツ、ボロボロになっちゃったね」

せっかく似合っていたのにと思っていると、「これも休めば治る」と言われて驚いた。

「どういう仕組みになってるの?」

「お前のイメージ通りの服装をしているのだから、元通りだとイメージすればいいだけだ」

「えっ、じゃあ、俺が別の服装をイメージしたら、その服装になるってこと?」

「そうだ」

(そんな面白そうなことは、早く言ってくれよ)

詞葉に着せたい服を想像してみようとしたが、ファッションに疎いこともあって、元の服以上のイメージが浮かばない。今度いろいろな雑誌や映画を参考にして、着せ替えしてみようと秘《ひそ》かに心に誓う。詞葉はスタイルがいいから、きっと何でも似合う。

「私の身体検査なら、そろそろ気が済んだだろう。修復作業に移るとしようか」

制服のシャツのボタンを外そうとする詞葉の指が小刻みに震えている。それを知って血の気が引いた。

「どうしたの？　やっぱりダメージが相当酷いんじゃないのか？」

「……よかった。もう間に合わないかと思っていた」

声も震えている。それだけ、清良の身を案じてくれていたのだと気がついた。

「そんなに俺、やばかった？」

「ああ。不安にさせるだけだと言わずにいたが、虚が拡大する勢いが強くて、再び拡がり始めていた。タイミングとしてはギリギリだったと思う」

確かに最近、詞葉と出会う前のように、やたらに強い睡魔に襲われるようにはなっていたが、そこまで危機的な状況だったとは思わずにいた。

「そっか。こうしていられるのも、全部詞葉のお陰だね。こんな言葉じゃとても足りないけど、俺を助けてくれてありがとう」

「礼などいいのだ。私がしたくてやっていたことなのだから」

ふわっと笑った詞葉の笑顔がどこか儚《はかな》くて、そんなはずはないのに、この美しい男が今にも消えてしまいそうな気がしてくる。清良は詞葉の手に頬をすり寄せて、その温《ぬく》もりを確認しようとした。

詞葉の触れ方はとても穏やかで優しいものだったのに、心と体にずれのない状態で抱かれたからか、何をされても酷く感じた。

修復作業を終えてすぐに、詞葉が清良の胸の虚を確かめる。確認を終えると、詞葉が宣言した。

「先程のものが最大にして最後の欠片だったようだ。お前の虚は完全に塞がった。もう心配はない」

「やった！　詞葉、珊瑚達、あと弄月も。いっぱい助けてくれてありがとう！」

本の精トリオは、小さな手を取り合って喜びながら、オルゴールの上の人形みたいにくるくる回っている。弄月は「へっ」と言ったきり、洗面台の鏡に戻ってしまった。

「それでは早速、契約解除に移るとしよう」

「えっ……、今？」

いつかはこの日が来ると思っていたが、まさか虚が消滅した直後に言い出されるとは思っていなかった。

「契約解除しないっていうのは、駄目？」

「駄目だ。お前の兄の思いを知っただろう。生きるとは一人で立つこと。その上で、愛しい誰かと人生を分かち合うことだ。ここに囚《とら》われていては、お前の人生の障りになる」

駄目元の提案は、瞬時に却下される。この件に関してだけは最初から一貫していて、絶対に譲ってくれそうもない。

「わかったよ。けど、もう来るなって言わないで。たった今、耀流を見送ったばかりで、詞葉に見放されたら、俺は……」

(俺の努力も認めてよ。俺は俺なりに頑張ってただろ?　友達だってできた。クラスに居場所もある。詞葉に認めてもらえれば、一緒にいることを許されるかもしれないと思ったから、頑張れたんだよ。だからどうか、もうこれまでだって言わないで)

祈るような思いでいると、頭の上に掌が置かれた。

「確かに、お前にはケアが必要だ。家族の問題にも対峙しなければならないだろうし、今はまだ一人で立つことは難しいだろう。お前が必要だと思う間は、ここに来ればいい」

契約解除は、契約した時と同様に、とてもシンプルだった。手を取り合い、詞葉の唱える文言の後に続いて、同じ言葉を唱えるだけだ。

『図書塔を統《す》べる者よ、全ての契りから我を解き放て。是を以《もっ》て、精霊の求めに従う責務の一切を消滅せしめよ』

解除された途端、胸の中から何かがすうっと抜けた感覚があって、喪失感を覚えた。

「……寒い」

詞葉は黙って清良を抱き寄せてくれた。

図書塔に通うことは許されたけれど、ここの取り壊しも迫っているようだし、いつまで詞葉達に会うことが許されるのかわからない。これまで以上に不安定な立ち位置になってしまったことを感じた。

その日、清良はこの後に備える力がチャージできるまで、長いこと詞葉の腕の中にいたのだった。


家に帰ると、清良は仏壇に『イラマラート』を供えて手を合わせてから、リビングでぼんやりと座っていた美遥に声をかけた。

「母さん、ただいま」

「清良、お帰りなさい。……ごめんなさい。食事の支度がまだだわ」

「すぐに支度するから大丈夫だよ。それより母さん、俺と病院に行こう」

ほんの少しの衝撃でも割れてしまいかねない、薄氷のような母の心に、真実を一時に全部突きつけることはできない。でも兄の耀流は、いつか母にも立ち直ってほしいと心から望んでいた。

何年も妄想の中で生きてきた母を救えるのは、おそらく医師しかいない。清良がすべきなのは、何とかして母を医療に繋《つな》げることだ。

「どこか悪いの？」

心配そうに清良の顔を見ている母を、改めて観察する。

この三年でなんとやつれてしまったことだろう。耀流が生きていた頃は、授業参観に来るとクラスメイトに騒がれるぐらい美人で、兄弟の自慢の母だったのに。

母への憐憫《れんびん》が溢れてきて、喉を押し上げる。どんなに時間がかかっても、きっとこの人を救ってみせる。

「健康診断だよ。母さん、長いこと行ってないだろ？　俺も一緒に行くからさ」

（これでいいんだよな、耀流）

清良はポケットの中で触れるアクリルキーホルダーを、そっと握り締めた。

第六章

晩秋の教室では、清良のための特別面談が終わろうとしていた。

就職希望の清良を説得するという名目で、たまにこうして放課後に残される。でも、澤居はしつこく進学を進めてくることはなく、とりとめもなく清良の近況を聞いて面談は終わる。

そうしながら、家庭の状況をそれとなくチェックしているのだとわかるから、いつも面談の際には微妙に身構えていた。

あれから、母の美遥を精神科に連れて行くことには成功していた。既に通院で治療できる状態にはないということで、そのまま入院になった。だから今、家には清良一人だ。

でも、そういった事情をまだ人に話したくはない。事が大きくなって、会ったこともない親戚の家に行かされるような羽目になったりしたら困るし、自分でもまだうまく消化しきれていない事柄を、うまく他人に説明できる気がしないからだ。

「で、日紫喜はその後、どうなの？」

澤居の話が自分のことから移ったので、清良は内心ほっとしてしまう。

「行き帰りは門倉ががっちりガードしてますし、寄り道もせず帰ってるみたいです」

「なら大丈夫か。門倉が隣にいたら、大抵の奴は手を出そうとは思わないわな。でもまあ、よかったんじゃないの。お前も最近は居眠りしなくなったし、日紫喜達とも仲がいいみたいだしな」

そう言われて、清良は赤くなる。自分にも友達がいるように見えるのだということが、単純に嬉しかったのだ。

「居眠りの件は済みませんでした。もう大丈夫です。一つ聞きたいんですけど、この学校は生徒の素行に厳しいって評判なのに、日紫喜はよく処分なしで済みましたね。どんな魔法を使ったんですか？」

「言ってなかったたっけ？　俺、校長の甥《おい》」

「えっ。何ですか、その最強カード」

「そう何度も切れるカードじゃないから、悪用すんなよ？」

そう言って、澤居が軽く清良の額を小突いた時、大きな音を立てて教室の引き戸が開いた。

ユニフォーム姿の丹色が仁王立ちになって、澤居を睨みつけている。この少年には似合わない、険しい表情だ。

「……何やってるんですか？」

問い詰めるような声も硬い。

「何って、面談。この後お前もやってくか？」

「部活の途中なんで。青海借りてもいいですか？」

「いいよ。ちょうど終わったから」

丹色は教室にずかずか入ってくると、清良の手首をつかんだ。

「清良ちゃん、帰ろ」

「え？　あ、うん。先生、ありがとうございました」

清良は何が何だかわからないまま、自分の鞄《かばん》を机のフックから外し、担任に頭を下げた。

「おー。気をつけて帰れよー」

教室を出ても、丹色は清良を半ば引きずるようにして、どんどん廊下を歩いて行く。強く握られている手首が痛い。

「丹色。痛い」

「あっ。ごめん」

やっと気づいたように、慌てて手を放してくれた。

「どうしたんだよ、いきなり。お前らしくないじゃないか」

「……俺は、清良ちゃんの味方だから。どんなことがあっても、俺が守るからね」

言うだけ言って、丹色は部活に戻って行った。

（部活の最中に、何しに来たんだ、あいつ）

図書塔に向かう間も、丹色の思いつめたような表情と、やけに光る目が頭から離れない。

丹色はどうしてしまったんだろう。清良には守ってもらう必要など、何一つないのに。

清良はしばらくの間丹色のことを考えていたが、考えても答えの出ないことから頭を切り替えて、目下一番の関心事に意識を移した。

(それより、俺には今日、重要なミッションがあるんだった)

図書塔を訪れれば、詞葉は相変わらず優しく出迎えてくれる。会話も弾むし、逢えば楽しい。だが、清良の虚が塞がった日から、詞葉は一度も清良を抱こうとしないのだ。

本音を言えば、清良は詞葉と抱き合いたかった。触れてもらえない体が、火照って辛い。どんなに自慰を繰り返しても、詞葉に与えられた愉悦には程遠くて、ともすればこれまでの行為を四六時中頭の中でなぞってしまう。

(夏まではさらっさらの男子高生だったのに。我ながら、随分と淫乱《いんらん》な体になったもんだよなあ……)

即物的な欲求も差し迫ってはいたが、それ以上に、詞葉にもっと近づきたかった。傍にいるのに求めてもらえずに、こちらばかりが欲望を募らせているのは惨《みじ》めだし、触れ合ってもっと詞葉を確かめたいのだ。

(俺とのセックスは、食餌《しょくじ》みたいなものだって言ってたのに、食べなくて大丈夫なのか。でも、あれも本気で言ったのかどうかわからないしな。虚が塞がったら、もう俺とはする気ないのかな……)

考え始めると臆しそうになるが、今日は勇気を出して、此方《こちら》から迫ってみようと思っている。拒まれたら落ち込むだろうが、何事も考えているだけでは前に進まない。

図書塔に着いて、いつものように詞葉からもらった鍵を取り出そうとして、普段入れている鞄の内ポケットに鍵がないことに気づき、顔色を失った。

「えっ……、どうして？」

清良は鞄の中を底まで確かめたが、それでも見つからないので、鞄の中身を地面に洗いざらいぶちまけた。財布、定期券、教科書、ノート、プリントの類《たぐい》、生徒手帳、筆箱。財布や定期入れの中も見たし、教科書やノートの間に挟まっていないかも確認したが、鍵がない。

これだけはなくさないようにと、ファスナー付きのポケットに入れて、出し入れにも注意を払っていたつもりだ。いつ、どこでなくしたのだろう。落としたのだろうか？

最初は、図書塔の扉の周辺を入念に探した。地面に膝をつき、草の中に手を這わせて暗くなるまで探したが、見つからない。

校内、通学ルート、清良の行動範囲を全部探すとなると、その範囲は広大だ。くまなく探しても、鍵が出て来るとは限らない。もし、見つからなかったら？

（どうしよう。詞葉がくれた、大事な鍵なのに）

あの鍵がないと、図書塔に入れない。

ただでさえ宙ぶらりんな今の関係が、このまま切れてしまうような気がして、怖くてどうしていいかわからなくなる。

滲んできた涙を、清良は震える手の甲で乱暴に拭いた。

(泣いてたって、鍵が出てくるわけじゃない。絶対見つける。諦めないぞ)

その日は、守衛に見つかって追い出されるまで、校内を探した。帰り道でも、駅の遺失物を確認してもらったり、歩道のブロックの隙間や側溝まで探したから、帰宅した時には十時を過ぎていた。帰ってからも、部屋中を探す。それでも、鍵は出てこない。

湧《わ》いてくる暗い考えをふり払い、絶対に諦めない、と心に誓った。


翌日から、清良の生活の全てが鍵の捜索に注がれた。

休み時間は校内の探索に当てられたし、教室移動の際にも、廊下の隅々にまで目を配る。落とし物のコーナーを日に何度も確認した。

そんなことばかりしていれば、当然人の目につく。日紫喜にも訝《いぶか》しげな顔をされた。

「お前、何か探してんの？　手伝うけど」

よっぽど手伝ってもらおうかと思ったが、清良は口から出かけた言葉を飲み込んだ。

鍵は詞葉との秘密の関係の象徴で、少しでも誰かに話してしまったら、魔法が解けて二度と逢えなくなってしまうような気がしたからだ。

そんな風に鍵を探し続けて三日目を迎えた時、清良の頭の中を一つの考えがよぎった。

（自分が逢いたいってことばかり考えてたけど、詞葉は無事なんだろうか）

図書塔の本はほとんど運び出されてしまったし、清良が行かなくなったら、詞葉のエネルギーを補給できる者が誰もいないのではないだろうか。

詞葉が飢えているかもしれない、と考えただけでぞっとした。矢も楯もたまらず、今すぐに行って、詞葉の安否を確認しなければという思いに取り憑《つ》かれる。

こうなったら、図書塔の鍵を借りるしかない。閉鎖になっている塔の鍵を貸してもらうのは至難の業《わざ》だろうが、どんな嘘八百を並べたって借りてみせる。

でも、夜の図書塔が普通の鍵で開くのだろうか。詞葉の力でロックされていたら、普通の鍵では開かない。

（澤居先生の、鍵）

あれなら、どんな時でも扉を開けることができる。でも、澤居からは不審がられるだろうし、理由を聞かれるだろう。他の教師のように、嘘八百で騙し通せる気がしない。

（それでも、鍵を手に入れなくちゃ。最悪、盗み出したっていい）

だがそもそも、清良の鍵は本当に紛失したのだろうか。

鞄のファスナー付きポケットにしまっていた鍵を落としてしまうことなんて、あり得るのだろうか。落としたのでないとすれば、誰かが持ち出したということになる。でも、どこの鍵だかもわからない古い鍵を盗む人間がいるだろうか。

（澤居先生なら、あの鍵を見れば、図書塔の鍵だとわかるはずだ）

そう思いかけて、自分をいさめた。

（馬鹿なことを考えるな。先生は同じ鍵を持ってるのに、どうして俺の鍵を盗む必要がある？）

考える先から、もう次の考えが頭をもたげてくる。澤居は詞葉のことを完全に忘れていると思っていたが、果たしてそうだろうか。

本の世界で起こったことを、門倉も日紫喜も忘れてはいるが、その影響は残っている。詞葉と濃密な関係を結んでいたであろう澤居に、何の影響も残っていないとは考え難い。何かの拍子に清良の鍵を見て、いろいろなことを思い出し、清良に嫉妬《しっと》して邪魔を企《くわだ》てたのだとしたら。

放課後の教室で、根拠のない黒い思いを膨らませていると、教室に制服姿の丹色が入ってきた。笑顔はなく、緊張したような表情を浮かべている。

最近、清良に向かう丹色はいつもこんな感じで、体の具合でも悪いのかと心配になる。

「丹色、部活は？」

「今終わったとこ。清良ちゃんはこんな時間まで何してたの？」

「あ、うん。ちょっと探し物」

「大事な物？」

声が探る色を帯びているように感じられた。

「うん。だけど、いいんだ。今日はもう帰る」

帰る気はなく、暗くて探索が続けられなくなるまで北棟周辺を探すつもりでいるのだが、それを言うつもりはない。

「今ちょっと、話したいことがあるんだけど、いい？」

「いいけど。改まって何だよ？」

丹色はらしくもなく言い淀《よど》んでいるようだったが、意を決したように顔を上げた。

「俺さ。最初は清良ちゃんのこと、男のくせに可愛い顔してんなとか、地味にテンパってるとこが面白いなとか、そんな感じで見てた。話せた日にはラッキーだと思ったし。でも、疚《やま》しい気持ちとかは全然なかったんだ。そのはずだった」

清良は、話が望ましくない方向に向かっている気配を感じとった。

「でも、清良ちゃんのプライベートな画像見てから、どういう状況で撮られたんかなとか、変な想像が止まらんくなって」

どうしよう。このまま話を続けていたら、聞かない方がいいことを聞いてしまう。

「丹色。もう遅いし、この話はやめよう」

清良が急いで話を遮ったのに、それには構わず、丹色は勢いよく頭を下げた。

「清良ちゃん。好きです。俺とつきあって」

言わせてしまった、という思いが苦い味を伴って広がっていく。

「……ごめん。俺、好きな人がいるから」

丹色は大事な友達だが、つきあってくれと言われたら、答えは一つしかない。詞葉以外の誰かなんて考えられない。

どんな言い方をしようと、告白を断れば、どうしたって相手を傷つける。告白されるような状況を招いてしまったことを、清良は後悔していた。

いつから丹色は恋愛感情を抱いてくれていたのだろう。清良のことを可愛いとはいつも言っていたけれど、切実なものは感じなかったのに。あの写真と、もしかしたら虚の作用もあって、妙な具合に丹色を惑わせてしまったのかもしれない。そうだとしたら、本当に申し訳なかったと思う。

「丹色のことは、人間として好きだ。ずっと仲良くしてもらえたらいいなと心から思ってる。でも、恋愛感情はないし、この先もそういう気持ちは持てないと思う」

「どうしても？」

「ああ」

丹色の顔から表情がごっそり抜け落ちた。愛嬌《あいきょう》のある笑顔に普段は隠れているが、濃い眉とくっきりとした目を持つ浅黒い顔は、黙っていると迫力があるのだと初めて気づいた。

「それじゃ、一度だけさせてくれる？　そしたら俺、諦めるから」

「えっ？」

させるって何を？　と問い返しかけて、それが性的な意味だと気づいた。冗談だよ、と笑ってくれるのを待ったが、丹色から欲しい言葉が返ってこない。

それでも、自分の耳が信じられなかった。だって、あの丹色がこんなことを言うはずがない。いつだって明るくて、ちょっと子供っぽくて、清良に優しい丹色が、こんな。

「清良ちゃん、女と経験ある？」

「あるわけないだろ」

脊髄《せきずい》反射で答えると、丹色が見たことのない顔で笑った。昏《くら》い今の笑顔は、大型犬の仔犬には少しも似ていない。

「じゃあ、あの写真の相手、男なんだ。そうだと思った」

語るに落ちたことを知るが、唇を嚙んでも後の祭りだ。

「あーあ。やっぱりか。すげーがっかり。あれって相手に撮られたの？　それとも、清良ちゃんの趣味？　名前通り清純だと思ってたから、大事に大事にしてたのに。こんな淫乱だったなんて、ほんとがっかり」

顔を引き攣《つ》らせ、唇は歪んで、両目ばかりがぎらぎらと光っているのが怖い。秘かに自慢の友人だと思っていた丹色が、こんな下卑た台詞《せりふ》を吐くとは信じられかった。

「相手も見当がついてんだよ。ばれたらあっちもまずいだろ？　奴が学校にいられなくなってもいいのかよ？」

脅す言葉に背筋が凍った。図書塔に入る時には周りを気にしていたつもりなのに、どうして知られてしまったんだろう。人間じゃないものが図書塔に棲《す》みついていて、生徒の一人と関係を持っているだなんてばらされてしまったら、詞葉はどうなるだろう。

「あいつにやらせてるなら、俺にさせたっていいだろ」

腕をつかまれ、床に押し倒される。背中の痛みに呻《うめ》いていると、そのまま体重をかけられて、身の危険を感じた。

「嫌だ丹色、丹色っ」

渾身の力で暴れたが、圧倒的な力の差を思い知らされる。シャツの上から胸の先を噛まれて、本気で痛がっているのに、唾液《だえき》で濡《ぬ》れた布地ごと強く吸われ、嫌悪感で鳥肌が立った。

「痛っ！　痛い、やめろっ」

「なんでだよ！　あいつのどこがいいの。あんな野郎にやられるぐらいなら、早く俺のものにしておけばよかった。毎晩お前で痛くなるまで抜いてんのに、治まらねんだよっ。お前が好きなんだよ。好きだ。お願い、お願いだから……」

激しい呼吸音の合間に、滅茶苦茶な勢いで唇や首筋に齧《かじ》りつかれ、痣になるような力で胸や尻を激しく揉《も》まれる。かじかんだ性器に猛《たけ》り立ったモノを擦り付けられて、全身が強張った。犯されているも同然の暴力的なペッティング。痛みと怯《おび》えで涙が溢れてくる。

「や……やぁ……ひっ、ひくっ」

（どうして。どうして、丹色）

　丹色がベルトをつかんだ。逃げようともがいて床を這いかけたところを引き戻され、ベルトをもぎ取られる。細身なせいで制服のウエストが緩いから、簡単に尻を剝き出しにされ、奥まった場所にペニスの先端を押しつけられた。

　バチッ、と火花が散るような音がして、丹色が「痛っ」と叫び、股間《こかん》を押さえた。その隙を逃さず、落ちかけるズボンを引き上げながら教室を飛び出した。

「清良ちゃん！」

　流れ続ける涙を拭くこともせず、清良は図書塔へ走った。友達だと思っていた相手からレイプされかけたことがショックで、詞葉に逢うことしか頭になかった。

　扉の前に立っても、図書塔の扉は開かない。こうしていたら、丹色に捕まってしまうかもしれない。尻に硬いものをねじ込まれそうになった時の感触が蘇り、吐きそうになる。

「詞葉、助けて。お願いだ、開けて！」

　外開きの扉が勢いよく開き、清良は中に転がり込んだ。

　目の前に、昼も夜も思い描き続けてきた男の姿がある。美しい顔をどれだけ見ても足りないのに、涙で前が見えなくなる。

「詞葉！　詞葉、詞葉……！」

「危ない目にあったのだな。守りが弾《はじ》ける感覚があったからわかった。可哀そうに、怪我をしている。私の大切なものに、酷いことを」

詞葉の指先が、切れた唇や咬《か》まれた首筋をなぞっていく。触れるか触れないかの微《かす》かな接触なのに、ぞくんと体の芯が震えた。

（丹色に触られた時は、あんなに気持ち悪いと思ったのに）

数日逢えなかっただけなのに、熱がこもったようになった体が、もっともっとと欲しがっている。こちらからもおずおずと顔や体に触れてみたが、特に異常はないようだ。

詞葉は無事だった、と思った途端、ずっと張りつめていた緊張が解けて、急に膝に力が入らなくなった。床にへたり込みそうになった清良を、詞葉が抱き留める。

「俺、ここの鍵をなくしちゃったんだ。探したんだけど、見つからなくて。せっかく貰《もら》った大事な鍵なのに、ごめん」

「あの鍵は自ら塔に入る意思を示すための装置に過ぎない。体の隅々まで私の加護を受けている今の清良なら、扉に命じるだけで鍵は開く。今はこうしておこうか」

詞葉が指先を扉に向けると、ロックがかかる金属音が響いた。

「なんだ、命じるだけでよかったのか。そっか。そっかあ……」

（まずここに来て、開けようとしてみればよかったんだ。馬鹿だな、俺）

自分の身に起こったことでいっぱいいっぱいの清良は、詞葉が契約を解いた今でも自分に加護を与え続けているという事実を、聞き漏らしてしまう。

「これもやられたのか」

詞葉の指先が、清良の頬に辿《たど》り着く。植込みの間を探した時に、葉で切った傷だろう。

「あ、これは、鍵を探してて、それで……」

詞葉が清良の両手を取って、そこにできた傷を優しく撫でる。

「手も切り傷だらけだ。こんなになるまで鍵を探していたのか？」

「俺の手なんかどうでもいいよ。それより、俺がここに来ないと、エネルギー補給できないんだろ。詞葉、体なんともないか？　弱ったりしてないか？」

その時、乱暴に施錠を解く音がして、再び扉が開いた。丹色が入ってくるのを見て、清良は悲鳴を上げた。

（さっき確かに詞葉がロックしたのに。詞葉の鍵がないと開かないはずの扉を、どうして丹色が）

あっと声が出た。なくしたと思っていた清良の鍵は、丹色が盗んだのだ。

「清良ちゃん、ごめん。あんなつもりじゃなかったんだ。俺どうかしてた。酷いことしてごめん。淫乱なんて、本気じゃないよ」

丹色はすぐ目の前に立っている詞葉に気づかない。素養がない者には姿が見えないのだと詞葉が言っていたことを思い出す。丹色にとっては、見えていなくて幸いだったろう。図書塔の精霊は、その美しい顔に、誰もが竦《すく》み上がらずにいられない憤怒の表情を浮かべているのだから。

「近づくな！　いやだ、いやっ」

　後ずさりした清良に手を伸ばしかけて、丹色はその手をだらりと下げた。眉も下がり、哀しそうな様子は叱《しか》られた犬のようだ。

「嫌われて当然だよね。もう、俺のこと、好きになってくれなくていいよ。でも、澤居だけはやめとけよ。教師のくせに教え子に手を出すなんて最低だ」

「なんで澤居先生が出てくるの？」

「俺にはもう隠さなくていいんだよ。澤居が清良ちゃんをよく目で追ってるのには気づいてた。なんだこのエロ教師と思ってたら、清良ちゃんがしょっちゅう居残りさせられるようになって、これやばいんじゃねーのって、監視するようになったんだ」

　居残り面談が多いのは、担任として清良の進路と家庭の状況を心配してくれているからだ。日紫喜の件で内々に話したことも、何度かあったかもしれない。でも、それだけだ。

　図書塔の出入りを丹色に知られていたのは清良のミスだが、まさかそれを澤居と結び付けられるとは。

「あいつが図書塔に出入りしてるのも、清良ちゃんが毎日のように図書塔に入っていくのも見てた。鞄にこの鍵もあったし。ああ、そういうことなのかって。示し合わせてここで逢ってるんだって」

「丹色は誤解してる。俺と澤居先生とは、担任と受け持ちの生徒以上の関係は何もないよ」

「もうあんな奴のこと庇《かば》わなくていいよ。立場を利用して、こんな真面目ないい子をおもちゃにするなんて。ぜってえ許さねえ。学校にいられなくしてやる。大丈夫だよ、清良ちゃんには絶対に累《るい》が及ばないようにする。俺がお前を守ってやるから」

息が荒くなり、再びにじり寄ってくる。本能的な恐怖を感じて、さらに後ずさろうとした清良を庇って、詞葉が立ち塞がった。

「清良に触れるな。よくもこの子を痛めつけてくれたな」

風が巻き起こって、詞葉の黒髪が舞い上がり、上着の裾が翻《ひるがえ》る。碧の炎に包まれたその全身が、どんどん輝度を上げていく。三方に伸びた影が、図書塔の壁を這い上り、今にも天井に届きそうだ。

丹色の目が大きく見開かれ、恐怖に駆られたように尻もちをついた。

「ひいいいっ、ば、化け物！」

詞葉の姿が見えるのか。いや、詞葉がその意思をもって「見せて」いるのだ。

「この子を日毎《ひごと》慈しんでいたのは、燐也《りんや》ではなくこの私だ。この子を守る役目を担《にな》っているのは、お前ではなくこの私だ！」

「にっ、逃げなきゃ、清良ちゃん！」

一緒に逃げようとでも言うのだろうか、丹色が伸ばした手を、清良はふり払う。

「俺はここにいる。このひとが、俺の好きなひとだ。ここにいたいんだ」

「清良に害をなす者は、私が許さない。ここから出て行け！」

丹色の手から、図書塔の鍵が浮き上がる。図書塔中のガラスがガタガタと鳴り、稲光のようなものが図書塔中を駆け巡る。

「うわあああっ」

丹色は何度か転びながら、外に飛び出して行った。

清良の鍵が、ゴトリと音を立てて床に落ちた。詞葉は閉まった扉の方向を向いて立ち尽くしたまま、微動だにしない。

「詞葉？」

直立していた体がゆらり、と傾いだかと思うと、詞葉は床に倒れ込んだ。

「詞葉っ！」

呼びかけにも反応はなく、呼吸も弱い。

(どうしよう。やっぱり弱ってたんだ。俺が来なかったせいなのか)

鍵を探し回っていないで、早くここに来ればよかった。自分の馬鹿さ加減を呪いたくなるが、今はごちゃごちゃ考えている場合じゃない、できることをするのが先だと思い直す。

清良の力では、詞葉を五階まで運べないから、冷たい床に横たわる体をせめて少しでも温めようと寄り添った。すぐに寒くて歯の根が合わなくなったが、詞葉を温められるなら、こんなのどうってことない。

本の精達も心配そうに詞葉の顔を覗き込んでいる。弄月は少し離れたところで腕を組んでいるが、やはり心配しているのだろう。

珊瑚が茜《あかね》色の翅を忙しなく羽ばたかせて、清良の肩にとまった。

「シヨウ、イノチ、アトスコシ」

小鳥のような声が、耳元で聞き捨てならないことを言う。驚いて半身を起こした。

「珊瑚、それはどういう意味だ？」

「シヨウ、サンゴタチニ、チカラワケタ。キヨラ、タスケルタメ」

「詞葉は、俺を助けるために、珊瑚達に力を分けたって言うのか？」

珊瑚は懸命に全身で頷いている。

図書塔の本の中に旅をするには、本の精の力が不可欠だ。その力を発現させるために、詞葉が彼らに力を分け与えたということだろうか？　全て、清良を助けるために？

「それだけじゃねえぞ。あいつがお前にさせた『契約』なんてのは嘘っぱちだ。あんなものには何の拘束力もなかった。あいつはただ、身を削ってお前の修復をしただけだ」

弄月が話に割って入った。

「詞葉が建設中の新図書館の精霊に収まると本気で思ってんなら、お前は救いようのねえ間抜けだな。あいつは、ここが終わる時に自分も終わるつもりだ。あいつには、新しい図書館の蔵書を統べるだけの力が、もう残ってねえんだ。でかい箱には、必ず質《たち》の悪いのが棲みつく。無理に移ったって、今のあいつじゃ悪い妖共によってたかって喰われるだけだ」

（終わるつもりなんて嘘だよね。そんなこと、一言も言ってなかったじゃないか）

清良を救うためなら嘘もつくし、自己犠牲も厭《いと》わない男だと知って、まだ能天気にそう思っていられるのか？

自分は今まで詞葉の何を見てきたのだろう。

詞葉がいなくなるなんてそんなこと、受け入れられるはずがない。詞葉は死なない。死なせない。どんなことがあっても、詞葉だけは。

「あいつは、お前を助けるために残り少ない力をそっくりはたいちまった。それでもこの馬鹿は、お前につけた加護の力だけはどうしても引き上げようとしねえんだ」

どうしたら詞葉を救えるのか、必死で考えようとするけれど、痺《しび》れたようになった頭が働いてくれない。

詞葉が死ぬ？

「……無理だ。そんなの」

（嫌だ。嫌だ。嫌だ。嫌だ）

「俺が死んだらいいのか？　俺の命を全部詞葉にあげる。そしたら詞葉は助かるのか？」

「馬鹿か。そんなのあいつが喜ぶと思うか、ど阿呆《あほ》が」

「サンゴ、キヨラ、エランダ、ナイ。ショウ、エランダ。キヨラダケ」

清良を選んだのは、珊瑚ではなく詞葉。詞葉が自分から選んだ人間は、後にも先にも清良だけ。

体の震えが止まらない。

「……詞葉。馬鹿だろ……、俺には一言も言わないで、何やってんの。何、やってんだよ……」

(なんでそんなに尽くしてくれるの？　俺は実《みのる》さんでも澤居先生でもないのに。俺は、気まぐれに助けた人間の一人じゃなかったのかよ)

そんな、限界を超えて自分の命を削り取って与えるような真似《まね》を、どうして。

「寝ている傍で悪口とは酷いな」

「詞葉！」

詞葉が目覚めたことにひとまずほっとした。体はまだ冷たいが、視線はしっかりしている。

「珊瑚と弄月が言ったことは本当なの？　契約なんて最初からしてなくて、俺を助けるために自分を削ってくれたんだって。詞葉が俺を選んだっていうのも」

詞葉の命が尽きようとしているということも。

「全くお前達のおしゃべりにも困ったものだ。あれだけ口止めしたものを」

そうは言ったが、口元には諦めたような微笑みを湛《たた》えている。

「初めてお前を見かけた去年の夏、お前の体に虚が開き始めているのがわかった。珊瑚が私の心配を汲《く》み取って、お前についていると言ってくれた。私の加護を珊瑚に託すことで、虚の拡大を遅らせるためだ。だから、お前がここを訪れた時は本当に嬉しかった。これでお前を救ってやれる、これが私の最後の仕事になるのだと」

去年の夏、清良が初めて図書塔を訪れてこの場所に魅入られた時、詞葉はもう、清良を救いたいと思ってくれていたのだ。

深い感動で胸が震える。清良は黙って詞葉の腕に顔を埋《うず》めた。

「……さっきは、丹色に正体を現したりして。この先どうするつもりなんだよ」

「そうだな。でも今の私にはもう、怖いものは何もないのだ」

(あいつが人に話したらどうなるんだろう)

クラスの奴らや教師達がここに押し寄せて来るだろうか。だとしても、詞葉が姿を見せなければ、丹色の言葉は証明できないし、問題ないのではないか？　いや、中には元々詞葉の姿を見る素養がある者だっているかもしれない。清良がそうであったように。

そうしたら、どうなる？

(考えるのはやめよう。考えたってどうにもならないし、今夜はとても疲れた)

どうなろうと、清良の心は決まっていた。詞葉からけっして離れない。もし、詞葉が図書塔から追われるとしたら、どこまでだってついて行く。

記憶を消されることが怖くてずっと隠していた恋心も、さっき丹色に告げたことで知られてしまった。もう、清良にも怖いものはない。気持ちを隠す必要はないのだ。

「詞葉。俺、詞葉じゃなきゃ嫌だ。詞葉も少しは俺に逢いたかった？　嘘でもいいから、通過していく人間の一人なんかじゃないって言って。実って人程好きじゃなくていい、澤居先生の次でいいから、俺のことも好きだったたって言ってくれよ」

「通過していく人間の一人だなどと思うはずがない。清良。お前を愛している」

詞葉の腕が、清良を強く抱き寄せた。

「他の誰かの次なんかであるものか。与えるためでなく、自分の欲望から抱いたのは、お前ただ一人だ。お前が愛しくて可愛くて、ずっと手中の珠《たま》のように愛《め》でていたかった。逢いたかったとも。待ち侘《わ》びて、もう逢えないのではと思ったら、胸が破れそうだった」

望んでいた通りの言葉が聞けたのに、どうしてこんなに胸が詰まるんだろう。詞葉が初めて口にした火のように熱い想いが、まるで遺言のように聞こえるからだ。

「寄る辺《べ》ないお前の様子が忘れられなかった。人に恩恵を与えることが存在意義であるはずの私が、唯一お前のことだけは、自分のために欲してしまった。それでも人である清良が人ではない私に囚われるようなことがあってはならない、清良のためにはここを忘れた方がいいのだと、自分を戒めていたのだ」

「一緒に生きるのが人じゃなきゃいけないなんて、誰が決めたの？　俺は詞葉がいたから、闇の中からもう一度立ち上がって、歩き出すことができた。今まで生きてきた中で、今が一番生きてるって感じがするよ。愛する相手と共に生きて幸福になる、それ以上に意味のある生き方ってあるのか？　俺は詞葉がいい。詞葉じゃなきゃ駄目なんだ」

視線が絡み合う。激しい情欲が互いの全身を貫いたことを感じ、清良は身震いした。

「私と共に生きてくれると言うのか」

「さっきからそう言ってるだろ」

だから、命の火を再び燃やして、詞葉にも共に生きたいと望んでほしい。

「私はお前を抱いてもいいのか？」

詞葉を抱きしめて慰撫《いぶ》したいし、体を重ねて愛を確かめ合いたい。正直、詞葉が欲しくてどうにかなりそうだった。でも、たった今まで気を失っていた詞葉の体の方が心配だ。

「体に障らない？　力がもっと減ったりするのは嫌だ」

「今宵《こよい》お前を抱いたなら、それは虚を塞ぐためでも契約の名の下の代償でもない、ただ純粋に情を交わす行為になる。人間の情が私の力の源だと言ったはずだ」

「俺としたら、詞葉の力になるの？」

「この上なくな。だがそうでなくても、私はお前を抱きたくておかしくなりそうだ。お前は？」

「……知ってるくせに」

五階の部屋まで上がる余裕は、どちらにもなかった。下着と制服のズボンを足首に溜《た》め、

尻を突き出す恰好で、高い本棚に手をつかされる。

詞葉は左手で清良の腰を捕らえ、右手の指先を清良の唇へと差し入れてきた。度重なるキスで感度を上げられてしまった上顎《うわあご》や舌の側面を優しく苛《いじ》められれば、背筋が慄《わなな》いて膝が頼りなくなる。

清良の理性が完全に溶けるまで散々嬲《なぶ》ってから、たっぷりと唾液を纏《まと》わせたその指を、清良の足の間に忍ばせてきた。ほとんど前戯もなく拓かれようとするのは初めてだったが、期待に脈打つ体は、詞葉の指を容易に飲み込んでいく。

「……あぁっ……あ、あー！……」

後ろの蕾《つぼみ》をいつもより性急に解《ほぐ》される。束ねた指を中で開くように動かされ、清良の両《りょう》腿《もも》が生まれたばかりの小鹿のように震えだした頃、熱く弾力のある先端が、疼《うず》いて喘ぐそこへとあてがわれる。

一息に深く突き込まれ、腰を回すようにして抜け落ちる直前まで引き出される。突かれて、抜かれて、また突かれて。繰り返されるたびに脳髄《のうずい》が痺れ、振れて甘い悲鳴がどんどん大きくなっていく。

「欲しかったか？」

「ほ、ほし……っ、んあっ、あぁあっ」

自分でもおかしいぐらいに興奮していた。

触られもせずに勃ち上がった清良の欲望が、突かれるたびに下腹で揺れる。あっという間に性感が膨れ上がって、清良は限界を訴えた。

「だめぇ、もう出ちゃう、出ちゃうよぉ……！」

「ここはもうじき取り壊される。構わず出せばいい」

空になった本棚に、清良の白濁が数度に渡ってかかる。なのに、詞葉は打ち付ける腰の動きを止めず、清良の中を蹂躙《じゅうりん》した。

「ああぁ、あんっ、掻《か》き回さないでぇ、変になるぅ……！　ひぁっ、あぁっ」

もう、自分が何を口走っているのかもわからない。

舌足らずによがりながら、また足の間から白いものを迸《ほとばし》らせてしまう。

がくがくと膝を折りかけた体を抱き上げられ、長机の上に押し倒される。下半身は靴下だけという姿で仰向《あおむ》けになって、M字に下肢《かし》を開かされた、と思う間もなく、奥まった狭間《はざま》へと、少しも収まる気配のない熱棒を押し込まれる。

これまでに知った交合のどれよりも猛々しく、貪欲《どんよく》だった。この男は、これだけの滾《たぎ》りを今まで押し隠していたのか。硬く張る剛直が中に突き込まれるたびに膨れ上がっていくようで、果てがないような男の欲情の激しさが恐ろしいのに、嬉しい。

「あ、大き、あぁん！　……ぁ、あっ」

「気持ちがいいか？　これがそんなに好きか」

「好きぃっ、きもち、いぃ……っ、あぅ、きもちいよぉ……！」

壊れんばかりに長机が軋《きし》み、肌を叩く音がピッチを上げていく。

「私もいい。……っ、中に出すぞ」

（おかしくなる）

歯の根も合わない程揺さぶられながら、詞葉と生きたい、と強く願う。それと同時に、今ならこの瞬間に死んでもいい、と矛盾したことを願ってしまう。

正反対の望みなのに、どちらも掛け値なしに本心であることが、不思議でならなかった。


長い交わりの後特有の、魂が半分抜け落ちたような気怠さが訪れる。

硬い長机に二人して横たわりながら、図書塔の壁を照らす月明かりを眺めていた。

きっともう八時を過ぎている。でも今はこうして詞葉と寄り添っていること以外の全てが、遠く霞《かす》んだようになっていた。

いつもなら清良の帰路を心配して早めに帰りを促す詞葉が、今夜は何も言わない。これが最後であるかのような切実で獣じみた交わりの余韻が、二人を支配していた。

「人間を愛し過ぎてしまうのが怖かった。でも、もう手遅れだ。今更お前を手放すことなどできはしない」

「新しい図書館がでか過ぎるなら、俺の家に来て。詞葉は元々家の守り神だったんだろ。うちで俺と一緒に暮らそうよ。図書塔からしたら手狭だし、俺しかいないけど、詞葉を絶対飢えさせないように、俺がいっぱい頑張るから」

「清良と一緒に？　それはまた楽しそうだな」

夢見るような視線が儚くて、詞葉が今にも消えてしまいそうで怖くなる。

（俺が詞葉を生かす。絶対に死なせない）

「ところでお前は、私を飢えさせないように、どう頑張るつもりだ？　ここで満たしてくれるのか？　それともここでか」

からかう口調で口づけてきて、舌をねっとりと絡ませながら、まだ閉じきっていない窄《すぼ》まりを服の上から指で押してくる。

「ん……、ばか」

突然、詞葉が体を起こした。

「……清良。急いでここから出ろ」

声にこもった異常な緊迫感に気圧《けお》されていると、微かな異臭が鼻腔《びくう》をついた。

「何だか焦げ臭くないか？」

「早く逃げろ。図書塔の内部はほとんどが木と紙だ。ここにいては危ない！」

説明するのももどかしいと言うように、詞葉が扉の方に手の先を向けると、外開きの扉が音を立てて開く。

そこには丹色が立っていた。

「清良ちゃん。ここにいちゃ駄目だよ。今は、化け物に魅入られておかしくなってるだけなんだよ。大丈夫、清良ちゃんは汚れてなんかない。俺は全然気にしてない」

様子も顔つきもおかしい。ブツブツと呟きながら近づいてくる少年は、右手にガスライターを持っている。

「だから、俺と逃げて。ここにいたら危ないんだよ。もうすぐここ、燃えちゃうから」

「……丹色、お前、何をしたんだ」

丹色が迷いのない動作で本棚に火を着けていく。

「やめろっ」

焦げ臭さがどんどん強くなり、大きな吹き抜けに煙が充満していく。

「こんな化け物の巣窟《そうくつ》が残ってるから悪いんだ。どうせここ、もうじき取り壊すんだろ。ちょっとそれが早くなったって大差ないし、罪は全部俺が被《かぶ》る。清良ちゃんは俺が守ってあげるからね」

ガラガラと何かが崩れる音がして、大きな火の手が上がる。

燃え上がった高い本棚が清良に倒れ掛かってきたところを、詞葉が清良を抱き込んで庇った。背中にも、漆黒の髪にも、火の粉が降りかかる。

「詞葉っ」

詞葉の服に着いた火を消したいのに、丹色に腕をつかまれていて近づくことができない。

「放せっ。放せよっ」

「化け物！　これ以上この子を誑《たぶら》かすな！　黴《かび》の生えた塔と一緒に燃えてしまえ！」

詞葉は自分が燃えつつあることには一切構わず、「弄月」と鏡の妖を呼んだ。

「弄月。この子らが無事に出られるまで、どうか守ってやってくれ」

「馬鹿か。今、俺に力を分けたら、お前は死ぬぞ？」

「本の精に火は鬼門だ。私は図書塔の精霊。私を頼って残ってくれた珊瑚達を残しては行けない。いいから、行け！」

鏡の妖の声がする方向に向かって、手を勢いよくふり下ろす。飛び出してきた光の塊が、清良と丹色の周りを光の速さで周回し、ドーム状の守りを作った。

清良は輝くドームの壁を内側から叩いた。

「ここを出せっ。弄月、お願いだから出して！　詞葉、早く逃げて！」

ドミノ倒しのように炎が本棚を伝っていく。外からの空気を吸い上げて、巨大な火柱が一気に膨れ上がった。怪物の舌のような炎が階段を舐《な》め、吹き抜けを一気に駆け上がって、天井の梁《はり》へと燃え移った。

「清良ちゃん！　俺と来て。ここにいたら死んじゃうんだよ！」

「勝手に行けよ！　詞葉が行かないなら、俺も残る！」

「馬鹿を言うな。私はお前に生きてほしいのだ」

詞葉の服に燃え移った火も急に勢いを増し、全身が炎の塊に包まれる。

「お願いだよ。耐えられない。詞葉なしじゃ生きられない……、俺をまた独りぼっちにしないで。俺を残して行かないでよ」

詞葉が。清良の最愛のひとが燃えてしまう。

共に生きると言ったのに。清良を愛しいと、お前をけっして手離さないと、やっと口にしてくれたのに。

「清良は強い子だろう？　お前は私の最後の夢だ。私を愛してくれるなら、私の夢を叶えてくれ。必ず生きて、幸福になってくれ」

どん！　と大きな音が轟き、突き飛ばされるような勢いで、丹色と二人外に放り出された。

一拍遅れて、清良の手の中に『フェニックスの祭壇』が落ちてくる。

詞葉が力を行使したこと、清良だけでなく丹色まで守ったことを知る。

まだ校内に残っていたのだろう、澤居が駆けつけてきた。

「何があった？　二人共、ここから離れろ！　青海！」

澤居と丹色が、二人がかりで清良を押さえつけようとする。

「青海！　暴れるな、近付けば死ぬぞ！」

「放せよっ！　まだ中にいるんだ！」

「誰がいるんだっ」

「先生、中には誰もいません！　錯乱してるだけです！」

自分を押さえつけている丹色を、清良は必死にふりほどこうとする。

「放せっ、放せえっ！　畜生おぉ！　詞葉ーっ！」

何度ふりちぎっても羽交い締めにされ、とうとう地面に組み伏せられた。

『私に一切の悔いはない。だからお前も、後悔はするな。清良、愛している。どうか——』

詞葉の声が天から降ってくる。澤居が驚いたように空を見上げた。

「なんだ、この声は。どこから聞こえてくるんだ」

「火事だ！」

「誰か、消防に！」

走り回る足音、叫び声。目に沁《し》みる黒煙。

その時、大きな音を立てて図書塔のガラスが内側から割れ、炎が噴き出した。

轟々《ごうごう》と燃え盛る炎を背負い、図書塔のシルエットが幽鬼のように浮かび上がる。

「詞葉！　詞葉——っ‼」

第七章

焼け跡には、まだ焦げた臭いが残っていた。

図書塔が焼失してから、何度この場所に立ったことだろう。

石造りの壁の一部は梁の支えを失って倒壊し、焼け残った部分も黒く煤《すす》けて、窓や扉を失った無残な姿を晒《さら》すばかりだ。

最初は、何か少しでも詞葉の気配が残っていないかと血眼《ちまなこ》になって探した。煤だらけになって焼け跡を這い回る清良を、北神と門倉が二人がかりで止めたこともある。

今はもう、ここに詞葉がいないことを知っている。それでも、来てしまう。ここに来る以外、したいことが思いつかなかった。

「……ここが、入口のドア。少し進むと、閲覧用の長机。その奥には、ずらりと並んだ、高い本の棚」

その棚につかまって詞葉を受け入れた最後の夜が蘇り、喉が詰まる。

涙は出ない。清良はあれから一度も涙を流していなかった。

清良の心は、再び図書塔の中を彷徨《さまよ》い始める。

少しだけ軋む床の感触。階段の手すりの滑らかな触り心地。一つ一つ辿るうちに、小さな本の精たちのさざめきが戻ってくる。

大きな吹き抜けを見下ろせる階段を上り詰めると、突き当たりには妖が棲む古い大鏡があって、一面の書架だと見えた壁が開くと、そこには最愛の――。

「よう」

隣に立った男をぼんやり見上げる。担任の澤居だ。

「だいぶ寒くなったなあ。もうすぐ二月だもんな」

図書塔の火災からしばらくの間、校長を含む多くの大人達から、何度も聞き取りを受けた。茫然自失の状態で言葉を発せなくなっていた清良を、澤居は随分庇ってくれたようだ。

丹色は、何一つ覚えていなかった。自分が清良に迫ってレイプしかけたことも、図書塔で詞葉を見たことも、自分が図書塔に火を放ったことも。

気がついた時には燃え盛る図書塔の前にいて、暴れる清良を守ろうと必死で押さえつけていたのだと言う。

それを澤居から聞かされた時、最初に清良の胸に湧き上がってきたのは、激しい怒りと憎しみだった。

丹色のせいで、最愛の詞葉は燃えてしまった。可愛い珊瑚も、夕星と玉響も、弄月もだ。

やっと詞葉と想いが通じたのに。清良の家で一緒に暮らそうと話したばかりだったのに。

(あれだけのことをしておいて、覚えていないだと?)

それで済まされるとでも思っているのか。

絶対に許しはしない。強姦魔、放火魔として捕まればいい。いや、死んでほしい。詞葉達が苦しんだ分の何十倍も苦しい思いをして、のたうち回って焼け死ね！

最初の激昂《げっこう》が去ると、虚脱がやってきた。

これ以上の喪失、痛みには、もう耐えられそうもなかった。何も考えられないし、全てがどうだっていい。何をどうしようが、詞葉が帰ってくることはないのだから。

死んで楽になりたい。でも、清良を生かすために詞葉が払った犠牲や献身を思うと、後を追うことだけは許されないのだとわかっていた。

──お前は私の最後の夢だ。私を愛してくれるなら、私の夢を叶えてくれ。

──その光を、もっともっと明るく輝かせて、今度こそお前自身を照らすんだよ。

生きなければならない。それがどんなに辛くても。詞葉の夢を叶えるため、耀流の分まで、歯を食いしばって、前に進まねばならない。

ようやく風呂に入り食事も少し摂れるようになると、詞葉が清良だけでなく丹色まで助けたことの意味を考えるようになった。

詞葉が丹色を罰さなかったのは、丹色が本質的に悪ではないとわかっていたからだという気がした。清良の虚が放つ負の力によって引き寄せられ、あのような行動に駆り立てられていったのだとしたら、丹色もまた被害者なのだ。

詞葉の遺志がどこにあるかを考え抜いた末、清良は沈黙を守ることを選択した。

『放火は重罪だ。放火癖と言って、病気から火を着けずにいられない奴もいる。野に放ってしまえば、次は人的被害が出ることもあり得る。……そういう可能性も考え合わせた上で、お前も丹色も、図書塔の火災には関わっていないと言い切れるんだな？』

何かを見透かすような目で、澤居から訊ねられた時にも、目をそらすことなく『はい』と答えた。

結局、図書塔の焼失は、電気系統からの発火によるものだという結論に落ち着いた。図書塔が取り壊し間際の古い建造物であったこと、配電盤の近辺が一番焼けていたことが、その根拠とされた。状況的に疑われても仕方がない丹色と清良が放免されたのには、澤居の尽力も大きかったようだ。

『最強のカードは、今回の件で使い果たしたから』

そう言って澤居は笑っていた。

しばらく沈黙が続いた後、清良は訊ねた。

「丹色は、どうしてますか」

「んー？　自宅で静かにしてるよ。あいつもだけど、親御さんがだいぶショックを受けられてな。記憶をなくす程のストレスがかかったのは、進学校での勉強と部活動の両立が過酷だったからだということで、通信制高校に転出することになりそうだ」

「そうですか」

「まあ、近々会いに行ってくるわ」

清良の丹色に対する感情は、何層にも複雑に折り重なっていた。詞葉達を滅ぼしてしまったことへの尽きせぬ恨み。性的に迫られたことへの嫌悪。惑わせてしまったことへの申し訳なさや、清良に優しくしてくれたことへの感謝も、まだどこかに残っている。

丹色がこの高校を離れるのだとしたら、もう会う機会もなくなる。二度と会いたくないような気もするし、一度は会って、何かに決着をつけなければならないような気もする。

「俺も、最後に一度会って話した方がいいのかな」

「青海は、会わない方がいい」

澤居は足ででこぼこの土を均《なら》しながら、煙草を取り出した。

「丹色の中でも、いつかいろいろなことにケリがつく日が来る。でも、たぶん青海とあいつはこの先も会わない方がいいよ」

(澤居先生は、丹色が俺に向けてた気持ちに気づいてたんだな)

「そう、ですね」

その通りだ、と清良は思った。応えられない恋が拗《こじ》れた果てにこんな事件が起きたのだとしたら、清良は二度と彼に接触するべきではないのだ。気持ちに応えるつもりがないなら気をつけろと、詞葉は警告してくれていたのに、清良は取り合わなかった。救いようがない程鈍く、子供だったと思う。

清良の胸に虚が開かなかったら、丹色は清良に恋をしなかっただろうか。

詞葉と出会っていなかったら、清良の方でも丹色に惹《ひ》かれていた可能性はあっただろうか。

もしも清良がもっと上手い対応をしていたら、こんな事件が起こることもなく、丹色の想いも時と共に風化していっただろうか。

それがわかる時が来ることは、きっとこの先もないだろう。

わかっているのは、清良が詞葉と出会い、取り返しがつかない程深い恋に落ちたことだけだ。起こったことは消せない。そしてたぶんこの恋は、生涯消えることはない。

丹色の少し子供っぽい、底抜けに明るい笑顔を思い浮かべてみると、胸が痛くなる。友達が多い彼が、本ばかり読んでいる自分を構ってくれるのが嬉しかった。自慢の友達だと、本気で思っていた。

真っ黒に日焼けした丹色の姿に、サッカー少年だった頃の封印された記憶を重ねていたのだと、今ならわかる。彼は清良が戻りたかった姿そのものだ。だから目を惹かれたし、憧れたのだ。丹色と、一つのサッカーボールを追って、プレイの後には肩を組んで笑い合えるような、友達同士になってみたかった。

「先生、俺ね。丹色のことが自慢だったんです。俺の、一番の、自慢の友達だって……」

澤居は何も言わず、喉を詰まらせた清良の頭を軽く二回叩いただけだった。

隣から紫煙の匂いが漂ってきた。澤居が咥《くわ》えた煙草に火をつけたのだ。星が現れ始めた空へと、煙が緩やかに流れていく。

「先生、煙草吸うんですね。って、こんな焼け跡で吸っていいんですか？　不謹慎」

「まあ大目に見ろよ。最近までやめてたんだけどな」

一本だけ吸った後、澤居は煙草を携帯灰皿にしまった。

「人の想いは人のもんだ。自分を責めるなよ」

驚いて顔を上げた時には、もう澤居は歩き出していて、その表情は窺《うかが》えなかった。

「図書塔さ、不思議な場所だったよな。何があったわけでもないのに、あそこにいると何故だか胸がいっぱいになった。なくなっちまって、正直寂しいよ」

母の美遥は、三か月の入院の後、山形にある実家へと引き取られることになった。

母の心は退行して十代に戻ってしまっており、清良の父と結婚したことも、清良と耀流を産んだことも、今は覚えていないようだ。この状態で清良との二人暮らしに戻っても、双方にとって不幸でしかないだろうということで、母方の祖父母が、よくなるまで責任をもって自分達が看ると言ってくれたのだ。

美遥の実家は裕福な旧家で、父との結婚の際には猛反対されたらしい。それを押し切って家を出たことで、母とその両親とは没交渉になっていたようだ。父の死後、山形に帰るよう再三申し入れがあったようだが、母は決して首を縦に振らなかったと言う。

母を引き取る際、清良も一緒に山形にという話もあったのだけれど、この家を離れたくないし今の高校に卒業まで通いたいから、と言ったら一人暮らしを許された。

家族の思い出がいっぱい詰まったこの家を離れがたいのも嘘ではない。でも、残った一番の理由は、詞葉と一緒に過ごした場所から離れたくないということだった。

清良はまだ、焼け跡に佇《たたず》んではかつての図書塔の残像を辿ることをやめられずにいる。

「生活費や進学の費用のことは心配しなくていい。これまで苦労をさせた分、今後はできるだけのことをさせてもらうつもりだ。これからは、自分の好きなことを思う存分頑張りなさい。夏休みには山形においで。わしも婆《ばあ》さんも楽しみに待ってるから」

退院する母を迎えに来た祖父は、母に面差しがよく似ていて、何かを確かめるように清良の肩に触れながら、何度も頷いていた。祖父の陰に隠れるようにひっそりと立つ祖母が、時折ハンカチで目元を拭《ぬぐ》う。

祖父母と母を乗せたタクシーを、病院前で見送った。

「母をよろしくお願いします」

夕映えに染まる道を遠ざかっていく車の影に向かって、清良は深く頭を下げた。

四月に入り、清良は二年生に進級した。

日直の日誌を書いていると、澤居が教室に入ってきた。

「おー、日直お疲れさん」

「また澤居先生のクラスですね」

「何だよ。その残念至極みたいな言い方は」

前の椅子に後ろ向きに座り、額を軽く小突いてくる。

「新しいクラスでも、友達できそうか？」

日紫喜とは同じクラスになったが、北神と門倉とはクラスが分かれた。

「あ、はい。俺、三月からフットサル始めたんですけど、川原《かわはら》も同じクラブなんです。日紫喜もこのクラスですし」

今でも読書は好きだ。

自分が耀流の弟で、サッカー少年だったという記憶が戻っても、元の性格に戻ったわけではない。本好きで人づきあいが下手な清良に、元気いっぱいだった頃の元の清良が、ちょっぴり混じったという程度だ。

それでも、今できること、やってみたいことは、勇気を出してどんどんやろうと思っている。以前よりは少し積極的になったと思う。

「そうか。いろいろ落ち着いてよかったな」

澤居には、図書塔焼失事件直後から随分世話になった。

かつては苦手だった澤居だが、今は結構好きだと思う。詞葉がいなくなってしまったことで、この教師と張り合う気持ちが消えたからかもしれない。

「早くお前、卒業しないかな」

澤居が清良をじっと見つめて、突然そう言った。

「そっちこそ酷くないですか？ 面倒ばかりかける生徒は早く出てけって？」

「ばーか。お前が卒業するまで、俺の立場じゃできないこともあるって言ってんの。あー、早く青海に卒業してほしいなあ」

らしくない照れを滲《にじ》ませた表情でそう言われて、澤居の言葉の含みにようやく気づいた。どうやら自分に対して、一生徒に対する以上の感情を抱いてくれているらしい。

「先生」

「何だ」

「俺、好きなひとがいるんです。凄く好きで、たぶん一生好きで、そのひとに恥じないように生きようと思うから、今、こうして立っていられるんだと思います」

「お前さー。少しぐらいこう、惑うとか、恥じらうとかさ」

ぼやくように言ってから、澤居は笑ってくれた。

「冗談だよ。たぶん、そういう相手がいるんだろうとは思ってた。ある時期からお前、凄くいい顔するようになったからな」

清良は日誌を澤居に手渡すと、「失礼します」と礼をして教室を後にした。

（いい人、だよな）

清良を求めていた丹色のことが思い出されて、胸が痛んだ。

丹色の暴走によって図書塔は焼失し、詞葉は消えてしまった。母の美遥の妄想に自分が巻き込まれ、それを助長させてしまった結果、母の精神は今も過去を彷徨ったまま現実に戻って来られずにいる。

自分が愛した者は損なわれ、清良の傍からいなくなってしまう。自分が汚染物質みたいに思えて、生きているのが辛くなることもある。

——燐也と清良は、相性がいいと思う。

そう言った男の、低く甘い声が耳元で蘇ったようで、思わず清良は耳を押さえた。

もし詞葉がここにいたなら、清良が現実にいる人間の男と深く交わることを、清良のために望んだだろうか。

（……なーんて。ちょっとでも他の人のことを考えると思ったか。ばーか。ばか詞葉）

澤居には感謝している。共通点も多いし、清良が抱える様々なものを受け止めてくれる。大人だし、魅力的だとも思う。だから、澤居に不足があるわけじゃない。

ただ、彼が詞葉ではないというだけだ。

自分が孤独であることにも気づけず、それなのに、行き止まりにいることだけはどうしようもなくわかっていて、本だけが唯一の逃げ場だったあの頃。詞葉だけが、清良に何の期待も押しつけず、ただ隣にいて清良を見つめ、飽きずに話を聞いてくれた。

優しいけれど結構強引なところもあって、秘密主義だった。清良の心と体の隅々まで慰撫し、清良の幸福だけを願ってくれていた、好きでたまらない男。あの頃も今も、詞葉だけが清良の特別だ。図書塔五階の小部屋の中で、確かに清良は幸福だったのだ。

(そんなあんたを俺が忘れて、さっさと気持ちを切り替えて、他の奴と恋愛を始められるとでも思ってた? それなら、あんたはほんとに人の気持ちがわかってない大馬鹿者だ)

今でも好きだ。

詞葉がいい。詞葉じゃなきゃ駄目だ。簡単に挿《す》げ替えられるはずもない。詞葉の代わりはどこにもいない。

毎日、毎秒、もっと好きになる。たぶん、一生好きなままだ。

(俺のことなら心配しないでいいよ。あんたが消えても、あんたがくれたことは俺の血管の中に巡り続けているんだから)

かつて、図書塔にとても美しく寂しがり屋の精霊が棲んでいたこと。

彼がその身を削って清良を生かしてくれたこと。

全部、覚えている。けっして忘れない。詞葉が消えたら、素晴らしかった全てまで無かったことになるなんて、耐えられない。それらが全部意味のあるものだったと証明できるのは、この世で清良一人しかいない。

自分を通じて詞葉のくれたものが大きく結実するさまを、今も自分を満たし続ける心の中の彼に見せるため、そして、いつか別の世界で再会する亡き兄のために、清良はこの先も生きていく。

（フットサルも始めたし、二年になって新しい友達もできたし、カウンセリングにも通ってる。あとはえーと、なんだっけ？　とにかく毎日大忙しだよ。大学にも進学するつもりなんだ。だからね、詞葉。俺はもう大丈夫だよ）

息をするたびに肺が焼けるような痛みをやっとの思いでやり過ごし、大丈夫、大丈夫だと、呪文みたいに自分に言い聞かせ続けているのは、そうでもしなきゃ心と体がばらばらに解《ほど》けてしまいそうだからだ。

（あと何度同じ呪文を唱えたら、俺は本当に大丈夫になる？）

「……逢いたいよ。あんたが恋しい」

だからたまに弱音を吐くぐらい、許してほしい。

帰宅して、父と兄の仏壇に手を合わせてから、清良はふと『イラマラート』を取り上げた。何度も読んだから筋は覚えているが、細かい部分は忘れている。なんとなく再読してみたくなって、本を手に自分の部屋へ上がった。

清良が自室だと思っていた本だらけのこの部屋は、本当は耀流の部屋だったわけだが、居心地が良くなってしまって、今もこの部屋を使っている。

机の上には、最期に詞葉が手渡してくれた『フェニックスの祭壇』と、兄からもらったアクリルキーホルダーが飾ってある。この一角は、清良にとっての祭壇のようなものだ。

あれから何度も『フェニックスの祭壇』を開いてみては、もしかしたら珊瑚が飛び出してきてくれるんじゃないかと期待したが、縁がほんの少し焦げた本はただの本でしかなくて、そのうち清良は開いてみることもしなくなっていた。

詞葉が愛し気に撫でていた朱赤の表紙の隣に、『イラマラート』を並べて、最初のページを開いてみる。

その途端、「待ちかねたぞ」という懐かしい声がした。

「ひょっとしたらずっとこのままなのではないかと思いかけていた」

ダークカラーのスリーピーススーツから覗く、懐中時計の鎖。緩やかにウェーブした漆黒の髪、エメラルド色に輝く瞳。

清良のすぐ傍に、何度も夢に見たのと寸分違《たが》わぬ姿で、詞葉が立っている。

「……詞葉？」

「久しぶりだな、清良。少し日に焼けたか？」

（これは夢？　夢じゃない？　本当に詞葉？）

詞葉がいる。詞葉、詞葉！

「ああ……あああああ……うわあああああ……！」

清良は、泣いた。何か月もの間、溜まりに溜まっていた涙が一時に溢れてきて、自分では止められない。

「火事の際に残る全てを『フェニックスの祭壇』に込めたはいいが、力を失い過ぎて本から抜け出せなかったのだ。姿も意識もないオーブのような状態で、本の中を漂っていた。お前の守りのために、以前この『イラマラート』へ私の一部を分けておいたのが幸いした。二冊がこうして揃《そろ》わなければ、蘇りは叶わなかっただろう」

詞葉の言葉が頭に入ってこない。ともかく、詞葉がここにいる事実がありがたくて、尊くて、清良はしゃくりあげることしかできなかった。

「……もう、二度と、会えな、と思っ……」

「弄月や珊瑚達も一緒に連れてきたぞ。もっとも、私の力がもう少し回復しないことには、元の人型を取らせることは難しいが」

薄い赤と、紫と、青のオーブが清良の周りを回っている。制服の校章がキラッと光って、そこに鏡の妖が宿っているのだとわかった。

本の精トリオと弄月が無事だったと知って、もう耐え切れる喜びの限界を超えてしまった。

ふらつく体を詞葉に抱き留められ、しっかりした腕の感触を知って、また新しい涙が溢れ出す。

「もう泣くな。お前に泣かれると、私はたまらないような気持ちになるのだ」

夢に何度も現れた美しい顔が寄せられ、その唇が頬を滑っていく感触に陶然とする。夢の中にいるようだと思いつつ、薄く唇を開いて口づけに備えたその時、ぽん、と軽い音がして、目の前の男がいきなり消えた。

「詞葉？」

見回しても、男の姿がない。清良はパニックになった。一瞬だけ姿を現して、それっきり消えてしまうなんて、そんなの惨過《むご》ぎる。期待させた分だけ、何もないよりなお悪い。

「詞葉！　嫌だ、行かないでよ。詞葉、詞葉っ」

「私ならここだ」

「……へっ？」

声の行方《ゆくえ》を捜すと、机の角に身長二十センチ程になった男を発見した。苦々しい表情を浮かべてはいるが、人形サイズでは迫力も何もありはしない。

「力が失われすぎて、短時間しか元の姿を維持できぬのだ」

（手乗り精霊？）

「……何これ。ちっちゃ。……はっ！」

びっくりしたのと、詞葉が消滅していなかったことが嬉しいのとで、壊れたように笑いが止まらなくなる。

「ははっ、あはははっ」

「笑い事ではないぞ。由々しい問題だ」

詞葉が唸るような声を上げた。

「可愛いね！　俺はこのままでもいいな。持ち運びにも便利だし」

体がふわふわする。自分が浮かれ過ぎて現実感を失ってしまっているのを感じた。

（後でショッピングモールのおもちゃ売り場に行って、人形の家具でも買ってこようかな）

などと思っていると、急に等身大サイズに戻った詞葉から抱き上げられて、ベッドの上に放り投げられた。

「ふぁっ？」

「限られた時間ならこの姿を保てる。今のうちに、キスを」

性急に求められ、以前教えられた通りに舌を迎える。焦《じ》らされることなく最初から深いキスを与えられると、すぐに頭がぼうっとしてきて、全身が蕩《とろ》けてしまいそうになる。舌を舌で弄《もてあそ》ばれ、上顎の裏をぞろりと舐め上げられれば、容易《たやす》く前が硬く張ってしまう。

（気持ち、いい）

直接的な快感だけでなく、詞葉に組み敷かれて詞葉の一部を自分の中に挿入されているという状況に興奮して、清良自身の先端が濡れるのがわかった。

「気持ちがよかったか」

「……ん」

思わず素で頷いてしまい、恥ずかしさで頬が熱くなった。

「再会していきなりなんだよ、もう」

本当に怒っているわけじゃない。怒っているポーズでもとっていなければ、詞葉の顔が眩しくて正視できないのだ。

(久しぶりに見る詞葉の見た目の威力、凄い)

「キスのお陰で、数時間元の姿を取っていられる程度には回復した。お前を抱くぞ」

耳殻に滴る声がそのまま尾てい骨にまで落ちてくる。清良が思わずびくんと体を竦ませるのを、詞葉は見逃さなかった。

「清良は相変わらず、耳が弱いな」

色っぽく笑う相手のゆとりが憎らしい。

「……そんなんじゃないから。誰だって耳元でそんなエロくさい声出されたら、おかしな気分になるし」

「そうか。清良は私の声を聞くとその気になってくれるのか。いいことを聞いた」

「そんなこと言ってないだろ。ばか!」

詞葉は笑いながら清良の耳に唇を寄せ、囁いてきた。

「好きなだけ囁いてやるから、もっと私を欲しがれ」

思惑通り背筋が震えてしまったことも、おののきが密着している相手に伝わってしまったことも、掌で転がされているようで悔しい。

「いきなり雄《おす》みを出すなよ」

「何しろ、酷く飢えているからな」

唇を舐める詞葉の表情が艶《なま》めかしくて、直視できずに顔を背けても、低く甘い声で絶えず囁きかけられ、耳から頬、首筋、と詞葉の唇が下りてくるうちに腰砕けになる。

「待って。制服、皺《しわ》になるから」

詞葉は、慣れた手際で清良を暴いていく。自分も潔く服を脱ぎ捨て、すぐに体を重ねてきた。滑《なめ》らかな肌の温みも、心地よい重さも、懐かしくて愛おしくて、じん、と全身が痺れたようになる。

自分の部屋、それも元は兄のものだった部屋で、こんなことをしているなんて。詞葉とは数えきれないぐらいセックスしたのに、背徳感と緊張と羞恥《しゅうち》と興奮がごちゃ混ぜになって、自分でもどうかと思うぐらい戦慄《わなな》いてしまう。

「どうしてそんなに震える？」

「だって。ここでするの、初めてだから……」

薄暗かった図書塔と違い、照明が煌々《こうこう》と点《つ》いている中で見下ろされている。消え入りそうになっているのに、詞葉は取り合うことなく清良の下肢を大きく開かせた。

「相変わらず清良は、本当に美しいな。ピンク色の濃淡をなす茎やプラムのような先端や、双子の果実も初々しくて好ましい。奥の淡い色づきも慎ましいギャザーも、白く艶やかな臀《でん》部《ぶ》の丸みに映えて、誠に可憐だ」

そんな場所の詳細な実況中継はいらない。

「詞葉、灯り！　灯り消させて！」

「確か、詞葉を絶対飢えさせないように、俺がいっぱい頑張ると言わなかったか？」

「う……」

確かにそう言った。言ったけれども。

「私の目も唇も舌も、長らく人の生気に触れずにいたのだ。お前の痴態《ちたい》も体液も、残らず私の晩餐《ばんさん》となる。約束通り、たっぷりと満たしてくれるな？」

「……それで、詞葉が元気になるなら……」

恥ずかしさに耐えて、震えながら頷くと、さらに腿を高く上げさせられ、詞葉に向かって尻を突き出すような破廉恥な姿勢を取らされる。何を言う暇もなく、双子の胡桃《くるみ》ごと、雄茎の根元を吸い上げられた。

「ひいっ！　あっ、いやあ、そんな、ああっ、あっ！　あぁあ！」

「耳だけじゃないな。清良はどこもかしこも敏感だ」

喰われてしまうのではないかと思える程深く飲み込まれ、複雑な動きをする舌で舐めしゃぶられながら、扱《しご》かれる。これまでに受けてきた、焦らすような優しい愛撫とは打って変わった、最初から手加減なしの強烈な舌技だ。

図書塔焼失以来、一切の欲望を感じず、自慰すら忘れていた。久しぶりの体には、詞葉に加えられる全てが苛烈《かれつ》に過ぎて、喉奥まで引き込む口淫の三往復目で、清良は爆《は》ぜた。濃度の高い体液が細い管を通っていく際には、痛みすら感じてしまう。

「随分と濃くて、量も多い。お前の命の雫《しずく》は清らかで実に甘露だ。全身に力が充溢《じゅういつ》してくる。お前を一晩中抱いていられそうだ」

「冗談やめろよ。明日学校なんだからな」

本気か冗談かわからない台詞に戦慄していると、詞葉が己の唾液と清良の放ったものを混ぜ合わせて、双丘《そうきゅう》のあわいに垂らしてきた。滑りを借りて狭間に滑り込んできた硬い指が、すぐに清良の感じてならない場所を探し当てる。

性器や胸の尖《とが》りに直結した弦を爪弾かれるたび、しどけない声が零《こぼ》れて、涙目になる。

「あっあ、いや、そこだめ……だめぇ……！」

嫌だと言う程、感じてならない場所を苛められる。散々清良をいいように啼《な》かせた後、中で二本の指を少し開いて作った空洞に、燃えるように熱いものが押し当てられた。

（あ、挿れられちゃう）

怯えによく似た慄きで、全身の肌がぞわぞわする。

「ここも狭くなっている。私と離れている間、ここは使っていなかったようだな」

「だっ、て。詞葉がいないのに、こんなとこ、使うわけ、ない」

身構えているのに、そこに押し当てられているばかりで、詞葉は一向に入ってこようとしない。そうしながら、気まぐれに指を動かされたり広げられたりするから、疼いて疼いてたまらなくなる。

「……あの、詞葉……」

うずうずと腰が揺れる。詞葉が少し困ったように笑った。

「駄目だな。お前に強請《ねだ》らせたかったのに、私が我慢できない」

欲していた熱くて硬くて脈打つものが、指とは比べ物にならない圧倒的な質量で清良を押し拡げていく。

「うあ、あ……、あ……っ」

みっちりと嵌め込まれた後は、時を置かず出し入れが始まる。ずちゅずちゅという音と共に、体の奥が裏返りそうな刺激を送り込まれた。

「や……あ、ア！　あっ、……っ、あ！」

（音、凄い）

「待って、出ちゃう、出ちゃうから」

自分だけが達しそうになり、制止の言葉を漏らすと、詞葉がぴたりと動きを止めた。

「……？」

「いくらでも待ってやるから、動いてほしくなったら知らせてくれ」

自身を清良の深い場所に嵌め込んだ男が、何だか悪い顔をしているような気がしてならない。

（我慢できないって言ったくせに。……どうしよ。中が）

肉筒を深々と貫かれたままでいると、そこがきゅんきゅん疼いてきて、勝手に剛直を食い締めてしまう。

「ん、うぅ、あっ、あ！」

自分の動きで生じた刺激に、爪先《つまさき》が丸まってしまう。

「どうした。腰がうねっているぞ」

「だって、止まんな、あ、どうしよ、あっ、あん」

淫らに振れる腰を止めたいのに止められず、自分の浅ましさが恥ずかしくて、さっき止まったばかりの涙がぽろぽろ零れた。

「うっ、うぅっ……」

「今のお前は、最高に美しい。どうかもっと私を欲しがってくれ。私のような存在は、求め

る人の心の力で生かされ続けていくのだから」

（もっと正直に欲しがっていいの？　こんなに淫らでも、嫌わないでいてくれる？）

「気持ちがいいか？」

「……もちい、気持ち、いい」

正直に告げれば、欲しいものがふんだんに与えられる。突かれるたびに悦《よろこ》びのつまった水風船がぐんぐん膨らんでいく。

「……詞葉は……？　しよ、は、気持ちい？」

「ああ。お前はいつだって最高にいい」

知っているよりずっと熱っぽい声。男の上気した顔に、苦悶《くもん》に近い色が混じる。

（ああ。なんて綺麗だ。詞葉がいる。俺の部屋に。……俺の中に）

背中に回した掌に、ひたひたと肌が貼り付いてくる。清良の全部がとろとろに溶けてしまって、もうまともな思考は紡げない。

「しよ、も、……俺で、気持ち……くなって？　俺になら、何しても、いいから」

だから、どうかお願いだから。

「俺のこと、二度と、離さないで」

「……くっ」

詞葉がどこか苦し気に目を眇《すが》めた。

「お前はまったく、自覚がないだけに始末が悪い。……お前を、めちゃめちゃにしてしまいたい。奥の奥まで、私を刻んで虜《とりこ》にしたい。私なしでは生きられなくなる程に」

そんなのとっくだ。心も体も詞葉の形に作り変えられて、どのみちもう、清良は詞葉なしではいられない。

「めちゃめちゃに、して……っ。もっと、奥にきて……っ！」

詞葉の表情が変わった。怖いぐらいに真剣で獰猛《どうもう》な貌《かお》。碧色の両の瞳が、太陽にかざした宝石の裸石《ルース》みたいに燃えている。詞葉は清良の上で猛然と腰を使い始めた。

ぐちゅぐちゅと体内で泡立つ水音が、鼓膜をも犯していく。胸の先端を指で執拗《しつよう》に転がされながら、脚の間で膨らんだものを大きな掌に捕らえられた。敏感な先端を親指で捏《こ》ねられ、小さな割れ目に指先を立てられれば、清良は何度でも他愛なく果ててしまう。

痙攣《けいれん》の収まらない体を深く折り畳まれて、猛々しいものをしたたかに打ち込まれる。通電しっぱなしの体に与えられる過ぎた快感は、もはや甘い拷問《ごうもん》で、泣き悶《もだ》えながら哀願しても、詞葉の腰が清良の尻肌を叩く音が鳴りやむ気配はない。

「死んじゃう……しんじゃうよぉ……！」

「いってほしいか？」

「……って。もう、いって……っ」

火が付きそうなぐらい激しく何度か抜き挿しされた後、体の奥で水風船が破裂し、頭の中が真っ白になった。

意識を半ば飛ばしてしまった清良には、熱いものがしとどに最奥《さいおう》を濡らしていることも、自らの迸りがとろとろと腹を汚し続けていることも、認識できていない。

頬も瞼も唇も、頭皮から足の爪先まで、全身がくまなく痺れていた。腹の奥から伝わる波動が収まるまで、清良は体を断続的に痙攣させせながら、シーツの波の上に打ち上げられていることしかできなかった。

（……凄い。凄かった）

ようやく甘苦しい痺れから解放された時、ぽっかりと開けた目に、お馴染みの自室の天井が映る。横を見れば、この上なく整った男の顔があって、深い満足と安堵を覚えた。

「お前のベッドは狭いのだな」

「これ、シングルだから。図書塔のベッドは大きかったし、詞葉は背が高いから、狭いよね。買い替えた方がいいかな」

「こうしてぴったり寄り添っていられるのだから、このままでいい」

あやすように背中を撫でられ、頬や髪に口づけてくるのが、くすぐったい。

（詞葉の顎から垂れ落ちていた汗も、俺の中を濡らした体液も、何でできているのかな……）

と、まだ朦朧《もうろう》とした頭でとりとめなく思う。

（詞葉は元々神様だもんな。たぶん、全ては愛でできてるんだ）

そう思いついたら、知らずにまろやかな笑みが上ってきた。

圧迫されたお腹《なか》も、限界まで拡げられた後孔も、気持ちがいいだけでなく苦しさもあったはずなのに、詞葉が余裕を失ったように求めてくれたことが、愛おしくて嬉しい。

「ひとまず満たされたが、何しろ、消滅寸前まで力を失ったからな。まずは力を蓄えるため、毎晩抱かせてくれ」

「毎晩！」

清良の帰宅というきりがあった図書塔での交わりと違って、一緒に暮らす家での同衾《どうきん》に時間制限はない。

（体がもつんだろうか）

守り神と言っているけれど本当は淫魔なのでは、という疑念が再浮上して、ぞっとしていると、耳朶《じだ》に「清良、愛している」と囁きが落とされ、耳たぶを食《は》まれる。収まったばかりの腹の奥に、じわりと熱が点《とも》る。

「もう、欲しがっていいんだよね。愛してるって言っても、記憶を消したり、俺の前から消えたりしないよね？」

「約束しよう。私はもう、お前の家の守り神になったのだから」

「詞葉、俺も愛してる。持ちきれない程もらったのに、今もこうしてもらってるのに、俺、欲張りになっちゃったみたいだ。……もっと詞葉が欲しいよ」

詞葉が迷いのない動作で清良の腿を割り開き、再び兆したもので秘処を探り当てる。

清良は押し寄せる喜悦の波に、陶然と身を任せた。


「お前らは！　何度盛れば気が済むんだよ！　おんなじこと何度も何度も何度も言い合いやがって！　壊れたレコードか！」

それから約六時間後。清良は自分のベッドに正座し、怒鳴る弄月に向かってぺこぺこ頭を下げていた。すぐにも寝落ちしそうなぐらい疲れているから、ともすれば延々と続く説教から思考が逃避しそうになる。

(弄月って俺より若く見えるけど、何歳なんだ？　レコードっていう言葉が出てくるところに、時代を感じるな……)

と思っていると、「聞いてんのか、このボケ！」とまた叱られて、居住まいを正す。

「はいはい、聞いてます聞いてます」

「『はい』は一回！」

「はいっ」

(どうしてこんな目に……)

何度絡み合っても足りない二人が、ようやく体を離して衣服を身に着けた頃には、もう夜半過ぎになっていた。夕食も摂らずに続けた耐久レースのようなセックスに、途中何度か意識が落ちたが、心の渇望が激しくて、どうにも止まらなかったのだ。

清良との交合で力を得た詞葉が、本の精トリオと弄月に人型を与えるなり、飛び出してきた弄月に、こうして叱られ続けている。怒っている弄月とは対照的に、珊瑚と玉響と夕星は、物珍しそうに清良の部屋の本を物色したり、机の上のペンを一生懸命持ち上げようとしたりしている。

「そう怒るな。私が力を失い過ぎて、人型どころかまともな意識すら保てずにいたのだから、なす術《すべ》がなかったのだ。長らく待たせて悪かったと、何度も謝ったではないか」

省エネモードと称して、身長二十センチのミニサイズに戻った詞葉がたしなめるが、

「待たせたなんてもんじゃねえ！　あんなチンケな校章の中で縮こまったままで！」

またひとしきり荒ぶった後、少し気が済んだのか、「お前んとこに鏡はあるか？」と訊ねてきた。

「洗面所と、風呂場と、玄関の下駄箱の扉にあるよ」

そう言ってから、ふと思いついてこう言い添えたのが間違いだった。

「風呂場のはやめてくれよ。風呂に入るたびに落ち着かないから」

「こっちから願い下げだってえの！　だいたい、俺程の妖が、なんでしょぼい安鏡に仮住ま

いしなきゃなんねえんだよ」

弄月の怒りが再燃しそうになったので、急いでこう言ってみる。

「日曜に、近所の大きな公園で骨董市《こっとう》があるんだ。そこで、弄月が棲めそうなちょっといい鏡を買おう」

「俺専用の鏡？　……まあ、そう言うなら、ここは収めてやってもいい」

「夕星と玉響の本も、明日の帰りに本屋に寄って、新しいのを買ってくるからね」

そう言ってやると、玉響と珊瑚はきゃーっと喜びの声を上げ、夕星も声こそ出さないが、小さな足をじたばたさせて喜んでいる。

「市が立つのか、それは楽しそうだな。皆で行ってみようか」

詞葉が顔を綻《ほころ》ばせて言うのを聞いて、ぱあっと視界が明るくなる。

「詞葉も一緒に出掛けられるの？」

「本に宿って、皆を連れてここまで来られたのだから、清良が本を持ち歩いてくれれば、移動も可能だろう」

そう言った詞葉に、弄月が鼻を鳴らす。

「ばあか、骨董市なんざ、魑魅魍魎《ちみもうりょう》の吹き溜まりだろ。今の詞葉じゃ、あっという間に喰われっちまう。しゃあねえな。新しい住処《すみか》の物色がてらに、俺がまとめて守ってやんよ。だがな、あの校章はもう懲り懲りだぜ。体が凝《こ》ってしょうがねえ」

「明日、携帯用のミラーも買ってくるよ」

詞葉達と一緒に外に出掛けられるなんて思わなかったから、わくわくして、夢が膨らんでいく。

骨董市の他には、みんなでどこに行こう。

春だからピクニックもいいし、フットサルの試合もいいかもしれない。街中も、郊外も、みんなで出かけたらきっと違った景色に見えるに違いない。

そこまで考えた時、清良は最も行きたい場所を思いついた。

家族四人で出かけた思い出の場所。あの懐かしい海に、詞葉達と一緒に行ってみたい。

想像の中で、海辺を走る三両編成の赤い列車に揺られてみる。

膝に抱えたリュックには、耀流がくれた大切なアクリルキーホルダーがつけられている。人の目がなくなったら、清良はそのリュックの中から、角が少し焦げた朱赤の表紙の本を取り出すだろう。

（詞葉と本の精達は、車窓に広がる海を見て、なんて言うかな。弄月は、狭かったなんだと、また文句を言ったりするんだろうな）

線路の継ぎ目が刻む、心地良いリズムは眠りを誘う。どこまでも深い青を瞼の裏いっぱいに浮かべながら、清良は幸福で安全な眠りの中へと落ちて行った。

あとがき

はじめまして、こんにちは。夏乃穂足と申します。

本書は、ルチル文庫さんでは最初の本になります。お手に取っていただき、ありがとうございます。

日本人の読書離れが言われるようになって久しいですが、このページまで読まれている方は、本好きさんが多いのではないかなと想像しています。いくらでも楽に、簡単に享受できる楽しみが選び放題である現代で、何百ページもの文字を追わなければゴールに辿り着けない読書を好まれる方は、ご自身の脳内で物語を描き出す楽しみを知っていらっしゃる方だろうと思います。

この『蜜月ライブラリー』は、この先希少種になっていくかもしれない読書好きさんと、「本っていいよね」という気持ちを分かち合えたらいいなあ、と思って書いた物語です。

物語の舞台になっている古い図書塔は、長い間わたしの脳内に建っていたものです。最初はただ、五階建てで本がぎっしりというイメージしかなかった塔に、とても美しくて寂しい精霊が棲みつき、小さな本の精達が飛び回るようになってから、ずっとこの物語を書く機会を待ち焦がれてきました。

ただ、思い入れが強過ぎる弊害もありまして、主人公の清良が訪れる本の世界は、最初全て実在する名作にしていました。著作権などの問題もあって、後に全て架空の作品に置き換えたのですが、今作に登場するタイトルが、実在するどの作品のオマージュなのか、想像してみていただくのも楽しいかな、と思っています。

その節は、担当様にはたいへんなご迷惑をおかけしました。まだ執筆ペースが摑めないわたしのために、かなりゆとりを持ったスケジュールを立ててくださり、お陰で自由に楽しく書くことができました。いろいろと気を揉ませてしまったかと思いますが、無事に本の形にできるまで根気強く支えてくださった担当様に、心から感謝しています。

今回イラストを担当してくださったのは、六芦かえで先生です。六芦先生には、ショコラ文庫『くろねこのなみだ』でもお世話になっていて、今回またご一緒できると知った時には、歓声をあげてしまいました。清良はこの上なく清良で可愛いし、自分が書いた作品の中で一番美形の攻め・詞葉は眼が眩むほどかっこいいです。六芦先生、キャラクターに命を吹き込んでくださり、ありがとうございました。

最後になりましたが、この本に出会ってくださった皆様に、最大の感謝を。本書がほんの一時でも、皆様に楽しい時間をお届けできますよう祈っております。

夏乃穂足

✦初出　蜜月ライブラリー……………書き下ろし

夏乃穂足先生、六芦かえで先生へのお便り、本作品に関するご意見、ご感想などは
〒151-0051 東京都渋谷区千駄ヶ谷 4-9-7
幻冬舎コミックス　ルチル文庫「蜜月ライブラリー」係まで。

幻冬舎ルチル文庫

蜜月ライブラリー

2020年6月20日　第1刷発行

✦著者　夏乃穂足　なつの ほたる

✦発行人　石原正康

✦発行元　株式会社 幻冬舎コミックス
〒151-0051 東京都渋谷区千駄ヶ谷 4-9-7
電話 03(5411)6431［編集］

✦発売元　株式会社 幻冬舎
〒151-0051 東京都渋谷区千駄ヶ谷 4-9-7
電話 03(5411)6222［営業］
振替 00120-8-767643

✦印刷・製本所　中央精版印刷株式会社

✦検印廃止

ISBN978-4-344-84661-6　C0193　Printed in Japan